よくわからないけど、あきらかにすごい人

穂村弘

毎日文庫

「よくわからないけど、あきらかにすごい人」に会いに行く

穂村弘

子どもの頃は、自分の家と学校が世界のすべてだった。家でお母さんの御飯を食べて眠って起きて学校に行って先生の話を聞いて放課後は友だちと遊ぶ。それで何の問題もなく満足していた。ところが、思春期に入ったとたん、世界は一変した。親や先生や友だちがどこか遠いものに思えてならなかった。彼らが悪いわけではない。ただ、私の心が求める何かは今まで生きていた世界からは得られない、と感じていた。無邪気なままではいられず、アルバイトや恋愛をする勇気もなく、ただ自意識の塊になって蹲る。そんな自分にとって世界はどんどんよそよそしく不気味になっていった。

私は救いを求めて必死で本を読むようになり、音楽や絵画や映画にも興味を持った。自分の求めるものが、一度も会ったことのない誰かが作った作品の中にあるに違いない、と思い込んだのはどうしてだったのか。わからない。実際、手に取った本のほとんどはぴんとこなかった。でも、ごく稀に奇蹟のような言葉や色彩やメロディに出会うことができた。この世にこんな傑作があることが信じられなかった。世界のどこかにこれを作った人がいるのだ。それだけを心の支えにして、私は長く続いた青春の暗黒時代をなんとか乗り切った。

自分が本を書くようになってから、対談の仕事をするようになった。「誰か話してみたい人はいませんか」と訊かれたりもする。その時、私は怖ろしいことに気がついた。もしかして、奇蹟のような作品を作ったあの人にもあの人にもあの人にも、会おうと思えば会えてしまうのか。信じられない。でも、と思う。その人に会ってどうしようと云うのだろう。私が心から伝えたいことは唯一つ。「目の前に奇蹟のような作品があって、この世のどこかにそれを作った人がいる。その事実があったから、つまり、あなたがいてくれたから、私は世界に絶望しきることなく、生き延びることができました。本当にありがとうございました」。

だが、そんなことを云われても、相手はきっと困惑するだろう。私のために作品を作ったわけじゃないのだ。第一、それでは対談にも何にもならない。ならば、と考えた。溢れそうな思いを胸の奥に秘めて、なるべく平静を装って、その人に創作の秘密を尋ねることにしよう。どうしてあんなに素晴らしい作品を作ることができたんですか。自分もあなたのように世界の向こう岸に行きたいんです、と。それだけを念じながら、私は憧れのあの人に会いに行った。

言葉の土壌に根を下ろす

谷川俊太郎

詩人

たにかわ・しゅんたろう
詩人。1931年生まれ。52年に詩集『二十億光年の孤独』でデビュー。翻訳、劇作、絵本、作詞などジャンルを超えて活動。62年に「月火水木金土日のうた」で日本レコード大賞作詞賞、75年に『マザー・グースのうた』で日本翻訳文化賞、82年に『日々の地図』で読売文学賞、2005年に『シャガールと木の葉』『谷川俊太郎詩選集1〜3』で毎日芸術賞を受賞。

物書きとして

穂村　先日ご一緒させていただいたイベントで、谷川さんが『二十億光年の孤独』を朗読したとき、会場の人たちはとてもうれしそうでしたね。もちろん、ぼくもうれしかったですけど。
谷川　このごろは、舞台で「鉄腕アトム」を歌ったりもしてますよ。
穂村　それはもう、みんな大喜びでしょう。
谷川　詩の朗読より拍手が多いのが腹立たしいくらいでね（笑）。
穂村　それはしょうがないんじゃないですか（笑）。谷川さんの評価は、実はかなり長い年月をかけて確定したという印象があります。
谷川　そうですね。最初のうちは、なかなか認められなかったからね。
穂村　新しい世代が谷川さんを支持するようになったことも大きいですか？
谷川　そういうところもあるかもしれませんね。でも『二十億光年の孤独』がいまだに売れているというのは、ぼくとしては不思議なんです。
穂村　韻文作家と散文作家の違いのひとつだと思いますが、小説家の場合、デビュー作が最高傑作になるケースはあまりない気がします。ある程度練磨されてから、その作家の代表作品が生まれますよね。でも、詩人や歌人だと、若書きが傑作ということがすごく多い。

谷川　そうですね。

穂村　だけど、谷川さんは例外的ですね。年を取れば取るほどインスピレーションが豊かになってきている。半世紀以上ものあいだ作り続けて、どうして谷川さんの言葉は失速しないんでしょうか？

谷川　書かなければ生活が成り立たないという意識がずっとありましたね。詩を書き始めたころ、友達はみんな会社に入って月給をもらうようになったでしょ。そのころ、ある友人に「自由業で収入が不安定な人は、月給の十倍くらい稼がないと心理的な安定を得られない」といわれたんです。それが実感として残ってたんですよ。

穂村　若いころ、こうなりたいというイメージはありましたか？

谷川　物書きとして生活することが理想でしたね。若いころは野上彰をお手本にしてました。オペラの日本語訳や歌詞などを数多く手がけていて、当時マスメディアで売れっ子だった人です。

穂村　では、理想の物書きのイメージは、いわゆる詩人ではなかったんですね。だから、すごい詩人になれたんでしょうか？

谷川　それはあるかもしれないね。ぼくは詩の勉強をしていなかったから、とらわれずに済んだというか。

穂村　これまでにスランプってありましたか？

谷川　まったく書けないということはありませんでした。でも振り返ってみると、このへんは良くないな、という時期はありますよ。

穂村　それは何歳くらいのときですか？

谷川　四十代から五十代にかけて。

穂村　中年期ですね。どうしてですか？

谷川　詩だけでは食べていけないから、随筆や作詞、英語の本の翻訳とかいろんなことをやっていたでしょ。それで、詩のほうがちょっとお留守になったのかな。

穂村　物理的な忙しさが原因だったんですね。では、基本的に仕事は断らずにやってこられたんですか？

谷川　自分にできるものならね。

穂村　できないものって何ですか？

谷川　小説はずいぶん誘われたけど、断りました。長いものは書けません。

穂村　ショート・ショートはありますよね。
谷川　でも、そもそも物語的発想が希薄ですからね。
穂村　みんな物語が大好きですよね。
谷川　そう。だから小説は売れても、詩は売れなくなっているんですよねぇ……。
穂村　ぼくなんか、物語を憎むようになってきちゃいましたよ。
谷川　そういう話を聞くと、実に心強いです（笑）。いっそのこと、「散文排斥同盟」でもつくりません？
穂村　谷川さんは、ときどきそういう意味のことをお書きになっていますね。「生きることを物語に要約してしまうことに逆らって」（「夜のラジオ」『世間知ラズ』、思潮社）とか「物語には終わりがあるが詩に終わりはない」（「時」『ミライノコドモ』、岩波書店）とか。そうやって詩の優位性をアピールしている箇所に、ぼくはマーカーを引いてるんです（笑）。
　小説なら何十万もの人が長くて複雑なものでも読める。それなのに、数行の詩、たった一行の短歌は投げ出されてしまう。みんなが詩を必要としていないことをひしひしと感じています。
谷川　実際にそうなんですよ。少なくとも、「文学としての詩」は必要とされていませんね。いまは詩が至るところに拡散していますから。しかも、ファッションやテレビなどで、欲求が満たされてしまっている。だから、わざわざ難解な言語でポエジーを獲得する必要がないっていうことなんでしょうね。

穂村　ぼくは近代詩人・近代歌人がうらやましいんです。あのころは、詩や短歌を普通にくちずさめる人がたくさんいたわけですよね。

谷川　現代詩が韻文的要素を失ったことも関係あるでしょう。戦後の詩は、くちずさめなくなってきましたからね。でも、短歌はそんなことないはずだけど。

穂村　短歌も、塚本邦雄以降は現代詩に近いですね。定型的な韻文性を戦争との絡みで忌避してしまったところに根っこがありますよね。谷川さんの定型的な韻文嫌いにも、それは多少関係してるんじゃないですか？

谷川　韻文嫌いじゃなくて、ぼくは短歌に不感症なだけですよ。俳句はOKだから、五七五が駄目というわけではないんです。七五調は身体に染みついているから、警戒するところですが、書くと気持ちがいいですよね。多少付け足して六八にすることもありますけど、基本にあるのは七五調なんだと思います。

草花のような言葉

穂村　以前このお部屋でお話しさせていただいたとき、谷川さんは、インスピレーションは下からやってくるとおっしゃっていましたね。

谷川　そうですね。

穂村　普通は、上から降りてくるイメージですよね。谷川さんには、最初から、そういうイメージがなかったんですか？

谷川　いや、最初の詩集ではギリシャ神話の影響を受けて、三人の女神がインスピレーションを与えるという詩を書きました。あのころは、上からやってくるイメージがあったんです。やっぱり「集合的無意識」という言葉を知ったことが大きいですね。そういうものが上にあるとは思えない。人間は立って歩いてるんだから、すべて下から来るのではないかと思ったわけです。

穂村　谷川さんの創作が衰えない理由は、インスピレーションをキャッチする方法にあるんでしょうか？　つまり、上から降りてくるものをキャッチする能力は年とともも

に衰えてしまうけれど、下から吸い上げる力は増していくとか。

谷川　面白い見方ですね。インスピレーションを受けとる力が強くなったかどうかはわからないけど、下から来るものは信頼できますよ。尽きることがないからね。

穂村　下から来る体感って、どういうものですか？

谷川　植物が土のなかに根をはりめぐらせ、養分を吸い上げるイメージです。日本語という土壌に根を下ろしているという感覚が、ぼくには常にあります。日本語はすごく豊かですよね。長い歴史もある。その土壌に根を下ろして、そこから言葉を吸い上げて、ある種のフィルターによって言葉を選ぶ。そして、葉っぱができたり花が咲いたりするように詩作品ができてくる。

穂村　そのフィルターが個人、すなわち谷川俊太郎ということですね。谷川さんのフィルターの特徴は、どのようなものだと思われますか？

谷川　他の人のフィルターがわからないから何ともいえないけどね。それは、ぼくの経験とかかわっていると思います。

穂村　実際の、人生の経験ですか。

谷川　そうです。ぼくは若いころ、「詩は感情ではなく経験である」（『マルテの手記』）というリルケの言葉に猛反発してたんです。若くて経験がないなら詩が書けないのかって。ところが、年を取ってきたら、「経験で書く」ということの意味がだんだんわかってきたんです。

穂村　具体的にはどういうことですか?

谷川　経験が小説的に染み出てくるわけではないけれど、経験のおかげで言葉の定義の仕方が深くなってきている気がするんです。経験から出てくる言葉は、辞書的な定義とはちょっと違うものですよね。個人の経験によって含意《がんい》が違ってきますから。簡単な例でいえば、失恋した人にとって「愛」という言葉の含意は暗いものかもしれない。つまり、含意によって言葉を選ぶことがフィルターのひとつの役割なんだと思います。それは個人の経験によるものですよね。

穂村　一方で、谷川さんは「詩にはメッセージはないというのが基本的な立場です」とか「ある美しいひとかたまりの日本語をそこに存在させたいだけ」(ともに『文藝』二〇〇九年夏号特集・穂村弘)ともおっしゃっていましたね。それは、音楽や彫刻、絵画と同じように、詩をイメージするということですか?

谷川　音楽は理想のひとつですね。

穂村　でも、そうはならないだろうとぼくは思ってしまうんです。音楽や彫刻、絵画であれば、つまり、美しい音のつらなりや美しい色の配置であれば、そのものとして捉えることができる。それは音楽や絵画が表現の専用ツールだからですね。ところが言葉は純粋に表現のためのものじゃなくて情報伝達やコミュニケーションにも使う、いわば兼用ツールだから、受け取る人はどうしてもその背後に現実を貼りつけてしまいます。「溶けかかった角砂糖」といえば、実際に溶けかかった角砂糖を思い浮かべます。だから、ひとかたまりの美しい言葉としてだけ捉えることは原理的にできないと思う。

谷川　まさにその通りですよね。その通りなんだけど、このあいだね、小学生四人と詩の話をしたんです。そこで詩のメッセージ性の話になったとき、ぼくは「詩というのは草花なんだよ」といったんです。草花は何のメッセージも持っていない。けれども、見れば綺麗だから感動するじゃないですか。ぼくは「詩も草花と同じように読んでほしい」といいました。小学生には全然通じないだろうと思ってたんだけど、あとでひとりの女の子から手紙が来て、あの言葉が一番印象に残ったと書いてあったんです。彼女には通じたんだと思えて、うれしかったんです。

穂村　草花が詩のひとつの境地である、ということですか？

谷川　良い詩というのは、そういうふうに受け取れるものだと思っています。もちろん、どうしても意味に縛られてしまうんだけど、良い詩には意味以上の何かがある。

それをいのちといってもいいかもしれません。ぼくは日ごろ、人生で一番大事なのは女で、詩なんて五、六番目だといってるんですよ（笑）。

穂村　そんなに女性が大事なのは、どうしてですか？

谷川　だって、生命の基本でしょう。オスとメスは――。

穂村　う～ん……（笑）。

たった数行

穂村　『女に』（詩・谷川俊太郎、絵・佐野洋子、集英社）という詩集を久しぶりに読ませていただきました。中年以降の恋愛の詩が書かれていますよね。若い人には絶対に書けない、ほの暗い豊かさを感じます。

谷川　老眼鏡の貸し借りをするようなことですよね。

穂村　うふふ。読んでいて、すごく愛を感じました。……でも、谷川さんはもうご結

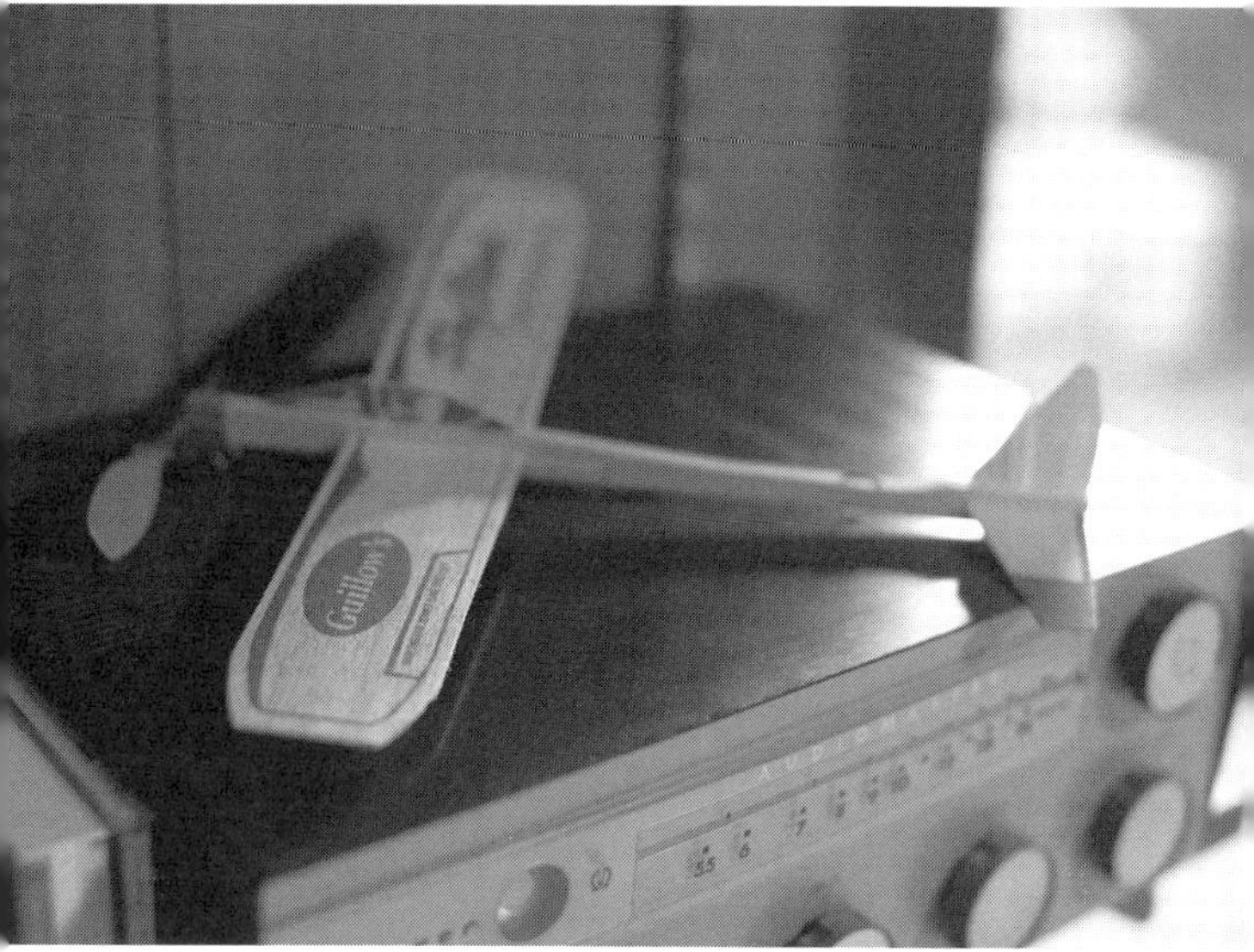
Guillow's

婚されないんです？

谷川　その話の飛び方は何なんですか（笑）。せっかく詩の話をしてたのに。

穂村　ごめんなさい。この詩集を読んでたら、つい考えちゃったんですよ（笑）。これは佐野洋子さんへの愛なんだろうなって。結婚生活をやめてから、もう二十年くらいになりますよね。

谷川　そういうことはよく訊かれるんです。いまは女が苦手なんですか、とか。

穂村　それはずいぶんと失礼ですね。

谷川　全然失礼じゃないですよ。むしろ最近は、失礼な質問をしてくれる人が減って、つまらないんです（笑）。

穂村　谷川さんは、佐野さんのどういうところが好きだったんですか？

谷川　どういうところが好きだったんだろうねぇ……。出会ったころ、あの人はオートバイに乗っていて、その快活な感じは良かった。後になってからは、批評家としての能力ですね。彼女は、ぼくの作品についてはそんなに批評しなかったんですが、ぼくという人間を批評してくれた。それは、ぼくにとってすごく良かったですね。あの人は小林秀雄賞をもらっているくらいだから、本当に批評家なんですよ。

穂村　たとえば、どんなことをいわれるんですか？

谷川　佐野洋子って鋭いなと思ったのは、「あんたは女がひとりいれば、友達なんか全然いらない人だね」といわれたときですね。ぼくは全然自覚してなかったんですけど、そういわれたとき、ぎくっとして本当にそうだと思ったの。

彼女にいわせると、ぼくは人情が薄いらしいんですね。それで、ぼくに「寅さん」を見せたがったんです。あの人はどこかで「谷川に『寅さん』を見せるのに五年かかった」って書いてましたよ（笑）。ぼくは「寅さん」には、あまり興味がなかったんだけど、見はじめたら渥美清が素敵だし、面白いなと思えました。

穂村　「寅さん」を見て人情を学びなさい、ということですか。

谷川　そうですね。

穂村　寅さんよりも谷川さんのほうが、はるかにちゃんとしてると思いますけど（笑）。

谷川　それは間違ってますよ。寅さんのほうがちゃんとしてる。

穂村　うーん。それもそうなのか。「寅さん」を見て、谷川さんは変わったんですか。

谷川　どうでしょうね。変えようとはしていましたけどね。でも、人間というのは根本ではそう変わらない。なにしろぼくは『二十億光年の孤独』の人だから、どこか人間社会に溶け込めないところがあるんですよ。彼女は、ぼくのそういうところを見抜いていたんでしょうね。

穂村　しかし、連れ合いに自分の人間性を鋭く批評されるのはきつくないですか？　ぼくだったら耐えられない（笑）。

谷川　ぼくはけっこう耐えたんだけど、向こうが先に嫌になったみたいだね（笑）。彼女もきつかったんじゃないですか。

穂村　たとえば、好きになった人にどうやって自分のことを好きになってもらおうかと煩悶することはありますか？

谷川　その前に、脈がなかったらやめちゃいます。

穂村　でも、やめられない人がほとんどでしょう。

谷川　ぼくはやめられるほうなんです。たしか、それについても佐野洋子に批評されたなぁ。「あんた、女は誰でもいいのね」って。決して誰でもいいと思っているわけではないけど、いざいわれてみると、たしかにそういう面もあるかもしれないと思ってしまった。つまりね、女性の個人的なものよりも、むしろ「女」という根本的な属性を大事にしているのではないか、ということですよね。

穂村　『女に』に描かれている男女は、アダムとイヴのような人類の原型ですね。谷川さんが、実際の男女関係において表層のプロフィールを重要としないというのは、ありありとわかるんですよ。相手からすると、自分の背後にある「女なるもの」を見

透かされることになるから、「そこばっかり見てないで、こっちを見て」といいたくなるんじゃないかな（笑）。

谷川　現実にそういう行動を取っているわけではないと思うんだけど、女性はそういうことを感じているのかもしれないね。

穂村　谷川さんは、そういう男女の原型や世界の本質へほんの数行で入っていけますよね。それをみると同業者としてはすごい絶望感に襲われるんです。こんな平易な言葉で、しかも数行で、本質に入ってしまうのか……と。だから、谷川さんが「物語はいらない」というのはわかる気がするんです。物語は、何千行も使って核心のまわりをぐるぐる回らなきゃいけないから。

谷川　まさに、そういうことですね。

穂村　同じテーマでも、いろんな角度から核心に入っていって、そして数行でそのゾーンをスーッと抜けていく。

谷川　何度も何度もね。

穂村　それを繰り返して、飽きてしまうことはないんですか？

谷川　飽きてますよ、詩には……。だから、自分を奮い立たせるために、いままでとは違う書き方ができないかと常に考えているんです。ある違う書き方を発見できたら、それでまた一冊分書ける。そういう感じで進んでいるんだけどね。
穂村　自分で条件を設定するとおっしゃっていますよね。音にこだわったり、ひらがなだけで書いたり、『女に』では原型的な世界の中にわざわざ細かい具体物を出していますね。「ワニ皮ベルトの不動産屋」とか。
谷川　別にわざとじゃないですよ（笑）。
穂村　でも、レトリックとしての狙いを感じるんです。
谷川　あの詩集のなかの詩は、佐野洋子に学んだものなんです。
穂村　何を学んだんですか。
谷川　まさにその「ワニ皮ベルト」です。散文は細部を大事にしますよね。詩は、どうしても本質のほうに向かおうとするから、言葉がそっちにいってしまいそうなとき、細部の描写によって全体を補強するんです。
穂村　たしかに若書きのソネットなどと比べると、そういうフックがたくさんありますね。そして読んだ瞬間、その具体性は本質に溶解していきます。
谷川　そう捉えてくれる人が多いといいですね。
穂村　次の計画は、なにかあるんですか？
谷川　いまは、詩の新しい届け方に興味を持っています。いろんなメディアでね。

穂村　手紙で詩を送る「ポエメール」とか「顕微鏡でみる詩」というのもありましたね。
谷川　今度は、メールマガジンで届けたいと思ってるんですよ。
穂村　谷川さんはいま、何をしているときが一番楽しいですか？
谷川　やっぱり詩を書いてるときが楽しいですね。穂村さんのところもそうだと思いますけど、とにかく事務的な仕事が多すぎるんですよ。郵便物が大量に届くでしょう。それを処理していると、クリエイトしたくなるんです。事務仕事の合間を縫って、詩を書くのって楽しいですよ。

逢ってから、思うこと

谷川俊太郎さんは子どもの頃から憧れてきた詩人。当然、お話しする時には緊張するのだが、一方で私がどんなに突っ込んだ質問をしても失礼なことを口走っても決して怒られたりはしないだろう、という奇妙な安心感があった。人間が大きいというのともどこか違っていて、言葉の可能性を考え続け試し続けてきた谷川さんという存在自体が言語ブラックホールのようになっていて、私の能力ではこの人を驚かせたり怒らせる言葉を見つけられない、すべて吸い込まれてしまう、という感触があるのだった。対談後の写真撮影の時、どさくさに紛れて谷川さんのおでこに触ってしまった。どきどきした。ここにブラックホールが入っているんだ。（穂村）

謎と悦楽と

宇野亞喜良

イラストレーター

うの・あきら

イラストレーター。１９３４年生まれ。名古屋市立工芸高校図案科卒業。カルピス食品工業、日本デザインセンター、スタジオ・イルフィルを経てフリー。舞台美術やキュレーションも手掛ける。日宣美特選、同会員賞、講談社出版文化賞さしえ賞、サンリオ美術賞、赤い鳥さし絵賞、日本絵本賞、全広連日本宣伝賞山名賞、読売演劇大賞選考委員特別賞などを受賞。99年紫綬褒章、２０１０年旭日小綬章を受章。作品集『宇野亜喜良60年代ポスター集』『MONO AQUIRAX +』『宇野亞喜良クロニクル』、単著『奥の横道』『薔薇の記憶』、共著『五色の舟』（津原泰水・文）、絵本『あのこ』（今江祥智・文）、『X字架』『恋人たち』（穂村弘・文）、詩画集『おおきなひとみ』（谷川俊太郎・詩）など著書多数。

謎めいた人への憧れ

宇野　この連載のタイトル（「穂村弘の、よくわからないけど、あきらかにすごい人」大修館書店・「辞書のほん」）は、穂村さんが考えられたんでしょう。

穂村　はい。ただすごいだけじゃなくて謎のあるクリエイターっているなと思って。

宇野　すごくうまいなと思いました。そういわれると半分気分が良くてね。しかも、ジャンルが限定されませんね。

穂村　昔から憧れていた人たちと一緒に仕事ができるようになって、いま嬉々として会いに行ってるんですよ。

宇野　ぼくらの世代を面白いと思われるのは、穂村さんくらいの世代でしょうかね。

穂村　ええ。我々の世代に多いけど、でも、より若い世代にも宇野亞喜良ファンがたくさんいますね。最初に宇野さんの作品とどの媒体で出会うか、人によって違うんですよね。宇野さんは展覧会も多いし舞台もあるから、仕事量がとても多いんじゃないですか。

宇野　それほどでもないと思いますけどね。

穂村　でも、例えば演劇部門にかんしては、もう一人宇野亜喜良がいないとできなそうです。

宇野　演劇にかかわると限りなく労働が続くんです。舞台装置もやりますからね。

穂村　寺山修司さんの天井桟敷にかかわっていらっしゃったときは、美術に限定されたお仕事でしたよね。

宇野　あのころは、背景のイメージを描いておけば舞台を制作する人たちが作ってくれていたんです。でも、いまは小劇場系の劇団にかかわることも多いですから、現場でぼくが背景を描くこともありますね。早く描き終えないと立ち稽古に間に合わない、なんてこともありますから。

穂村　舞台のお仕事は楽しいですか。

宇野　舞台って複数の条件の中で作業を進めていきますからね。

穂村　宇野さんにとって、そういった創作上の制約は良いものなんですか。

宇野　そうですね。イラストレーションの仕事だと、印刷の条件やスポンサー、あるいは作家の要望とか作品のテーマが創作上の条件になってきますよね。それらが自分のなかをくぐって出てくるときにどうなるか、ということなんです。

舞台の場合は、条件がもっと増えます。時間的なことや物理的なこと、あるいは経済的なこともある。そこに面白さがあると思います。

穂村　どんな条件や制約があっても出てくるものは、いつも宇野亞喜良。これは実に不思議です。

モダンな職人性

穂村　宇野さんの圧倒的にモダンな感じって、どこから来ているんですか。

宇野　あまり考えたことはないですね。

穂村　ご両親のお仕事とも関係があるんでしょうか。

宇野　父親は室内装飾、今でいうインテリアデザイナーみたいな仕事をやっていました。油絵も描いていて、小学生のとき筆を洗うのを手伝ったりしてましたね。クリムゾンレーキとかイエローオーカーとか、英語やフランス語の絵の具の名前を最初に父親から教えてもらったんです。

穂村　芸術家肌のお父さんだったんですね。
宇野　ええ。父親はアーティスティックなことで収入を得ていました。母親は喫茶店をやっていたので、実際は女の腕で育ったようなものなのかもしれませんね。
穂村　喫茶店は、なんていう名前だったんですか。
宇野　戦前は「白薔薇」という名前でした。
穂村　すごく宇野さんっぽいですね（笑）。絵描きになりたいと思ったのは、いつごろですか。
宇野　高校生になるころには、その願望があったんです。でも、美術科のある高校が近くになくて、名古屋市立工芸高校の図案科に入りました。「図案」というカテゴリーなら、絵画に近いと思って。
穂村　高校時代、宇野さんは優秀な生徒でしたか。
宇野　学校では、芸大を卒業した先生や日本画の先生が教えていたんですが、先生は文字を描くとき烏口を使って線を引いて描くんです。でも、ぼくのクラスには看板屋の息子が二人いて、彼らは平筆一本で明朝でもゴシックでも描けちゃうんですよ。
穂村　かっこいいですね。
宇野　ササッと描いちゃえば、絵の具が重なって盛り上がったりしないから仕上がりがいいんです。生徒のほうが技術的には優位だったんですね。

穂村　職人芸の恐ろしさですね（笑）。

宇野　そんな学校だったから、ぼくが一番優秀だったかどうかわかりません。でも、三年生のときに賞をもらったりはしました。それと、劇のパンフレットを描いたとき、左翼系の先輩に「君の絵はセンチメンタルだ」って批評されたのを覚えています。

穂村　それは当時いけないことだったんですね。

宇野　「前進するときに抒情は生まれない」とか「センチメンタリズムは過去形の情緒だ」なんていわれていましたからね。そういうこともあって、図案家になれば人からいわれたテーマでやるんだから文句をいわれる筋合いはないだろうと、そんな思いもあったと思います。

穂村　すごく職人的な発想ですね。あくまで自分の美意識にこだわるアーティスト的な発想をもつ人もいると思いますが。

宇野　いまでもそうですけど、自分のなかにあるものを出そうとするだけじゃなくて、いろんな人に反応していたほうがクリエイティビティが高まるような感覚があるんですね。

穂村　アーティストではなく、イラストレーターという肩書にこだわっていらっしゃ

ることとも関係がありそうですね。

宇野　そうですね。以前、グラフィック・デザイナーの木村恒久がそういうぼくの立ち位置を幇間《ほうかん》に譬えたことがあって。

穂村　幇間っていうのは、ちょっとあんまりじゃないですか（笑）。それ自体は確かにプロの芸だけど、譬えとしては……。

宇野　でも、すごくいい比喩だと思うんです。つまり、幇間は、お金を出すタニマチと哀れな薄幸の女たちのあいだに挟まれていますね。タニマチを楽しませながら、女たちにも幸福な感じを与える。しかも、自分も楽しんでいる……。イラストレーターにも通じるところがあると思うんですよ。自分のまわりには、いろんな人がいたほうがいいですね。

二〇〇〇年代の少女

穂村　宇野さんへの定番の質問ってありますよね。「少女について」とか（笑）。

宇野　一番訊かれるのはそれです。

穂村　成熟した女性ってあまり好きじゃないんですか。

宇野　そんなことないです（笑）。習い性というか、寺山修司さんの本の絵を描いているうちに、少女を描くようになって。

穂村　新書館のFor Ladiesシリーズですね。そのころ、宇野さんはおいくつだったんですか。

宇野　六〇年代後半からですから、ぼくは三十代です。最初にターゲットとしての「少女」を意識したのは、そのシリーズがきっかけです。現実の少女と形而上学的なものを一緒にするような仕事をしました。

寺山さんもとりわけ少女が好きというわけではなかったと思いますよ。ただ、抒情性もまた寺山修司の本質です。寺山さんにはセンチメンタルで抒情的なところがあって、ご自身でそれが不愉快だったから、アングラのようなものを作ったんじゃないかと思うんですね。ぼくは二〇〇〇年を過ぎたころ、寺山さんと仕事をしていたころの抒情的なものが懐かしくなって、もう一度少女を描きはじめたんです。でも、すぐには描けなくて……。

穂村　どうして描けなかったんですか。

宇野　七〇年代後半にサイケデリックの時代が終わって、八〇年代にはちょっとしたスランプもあって、ぼくの絵が少しずつ時代からずれていると感じるようになっていました。そういう経緯で時代とは関係なく自分の描写力を表現できるように、横線で描くようになったんです。なんとなく感情が斜線のなかに籠ってしまう感じがあったから。

穂村　表現のスタイルを変えたんですね。

宇野　ぼくたちの世代って、自分を変えていかないといけないと本能的に思ってしまうんでしょう。テレビの走査線を拡大したような線で、感情の籠らない絵を描いていました。そのとき、写真や資料を見ながら描いていたらリアリズムを経験することになって、たとえばここには骨が二本あるが、ここから一本になるとか、その長さの関係とかね。そうしたら少女の身体が変に理屈っぽくなってしまって、六〇～七〇年代に描いていた無意識にデフォルメしたようなものが描けなくなっていたんです。

穂村　リアリズムの経験が邪魔になってセンチメンタルな少女が描けなくなった、ということですか。でも、いま宇野さんが描く少女は若い子たちを惹きつけていますね。

宇野　また少女を描けるようになって、いま何となくそういう時代との共有感はありますね。

創作の悦楽

穂村　創作にかんして、ご自身で設定しているルールはありますか。

宇野　最近は、描き上げた時点で出来上がりということにしないで、一日二日は手元に置いておくようにしています。

穂村　その数日間で思いつくことが多いわけですね。

宇野　絵の欠陥をみつけられることもあります。それと、意味が明快になりすぎないように描きたすこともありますね。もうちょっと複雑さや猥雑さを出したいと思ったりして。

穂村　宇野さんの絵には、謎がありますよね。

宇野　絵って本来は形や色の第一印象で決められていいものだと思いますけど、ぼくは複雑にしたくなりますから。

穂村　人間がさまざまな無機物・有機物と合体してメタモルフォーゼするようなイメージが多いですね。しかも単なるコラージュという感じではなく、独特の結びつき方をしているような気がします。宇野さんのなかにはそうやっていろんなものが混ざりあって生命を共有しているというイメージがあるんですか。
宇野　自分ではちゃんと分析できないですけど、そういうイメージを描き始めたのは、たぶん旭化成のカシミロンという化学繊維のポスターからです。「重さを忘れた繊維」というコピーをヴィジュアル化するために、女性の顔を下にしてその顔に樹木や鳥を描いて、羽ばたく鳥たちが次第に繊維へと変容していくイメージを描いたんです。それが言葉をヴィジュアルにした最初の仕事だったと思います。
穂村　少女の顔が花や動物、卵の殻、森、城、錨なんかと結びつくモチーフがありますよね。たとえば、女性の性器と花の関係は普通のメタファーとして世間にあるけど、宇野さんの絵のなかにあるメタファーはもっと自由ですね。
宇野　抒情詩に出てくる比喩に近いでしょうか。たとえば、ボードレールの『悪の華』の中にあるような比喩はいただけるなと感じます。
穂村　髪の毛に錨が結ばれているイメージは、相当長い期間にわたって出てきてますよね。

宇野　六〇年代から描いていますね。

穂村　そのまま水の中に沈んでいってしまうような、すごく危険な雰囲気がある。みんなが宇野さんの作品からきわめて美意識の高い不良性を感受していると思うんですが、それは宇野さんの中にもともとあるものなんですか。

宇野　ぼくは思想的にではなく体質的に、不良が好きなんですね。少なくとも建設的ではありません。

穂村　宇野さん自身が、不良だった時期ってないんですか。

宇野　どうだろうねぇ（笑）。六〇年代に新宿に行けば、不良を目にすることはありましたし、周辺にも多少はいましたね。

穂村　六〇年代の遊び仲間って、どんな人ですか。

宇野　安井かずみさんとか、コシノジュンコさんとか、加賀まりこさんとかね。それから、四谷シモンや金子國義さん、その周辺の人たちとときどき集まったりね。

穂村　うーん、やはりかっこいい不良のイメージですね（笑）。そのなかで宇野さんは、不良じゃなかったんですか。

宇野　それはよくわからないですけど、どちらかといえば不良っぽい人たちのほうが通じやすいという感じはあったかもしれません。スクエアでなく、面白い答えが出て

降霊術師
天使

きますよね。そこは理知的な人に期待できない。ものすごく知的な人であれば、別でしょうけど。

穂村　以前インタビューで「震災後しばらく創作の手が止まった」とおっしゃってましたよね。ご自身のなかにある悪のテイストが逆風になったんでしょうか。実は、ぼくもしばらくトーンダウンしていたんです。みんなで手をつないで励ましあって、少しでも良い方向に進まなきゃいけない時期だとわかっているのに、自分の中から出したいものが逆のエネルギーをもっている気がしてしまって。

宇野　同じように感じていたと思います。それと、創るということには、ある種の悦楽感があるので、そのことも引っかかっていました。被災している人たちは、それどころじゃないんだろうなと思うと、引け目を感じてしまうから。

穂村　その悦楽って本当に根深いものだと思うんです。宇野さんにとって、創作上の悦楽感ってどんなものですか。

宇野　ぼくは職人芸って好きですね。たとえば陶器に薔薇の花の絵付けをするとき、筆の片方の端に白い絵の具をつけて、もう片方の端にほんの少しだけ赤の絵の具をつけて適当な混ざり具合で花弁を描いていくんですが、筆をくるっと回転させながら描くとエッジの赤がくねる、とか。ヨーロッパの職人にはこの快感があるんだなぁ、という発見は気持ちがいいです。ある種の職人的なものを自分の身体が再現できたときにすごく快感を覚えますね。

穂村　宇野さんの絵から、艶っぽさ、生々しさを感じとるのは、そういう創作上の悦楽が関係しているのかもしれませんね。

逢ってから、思うこと

宇野亞喜良さんのイメージはイラストレーションの魔法使い、または悪魔。そう思うのは「宇野亞喜良」という文字の不思議な並びの印象もあるのだろうか。どんなにハイブロウな本でもエロ雑誌でも、この名前があるだけで、その頁だけは別世界のように魅惑的になってしまう。実際にお会いした御本人は想像の通りの恰好良さ。でも、お話しするととてもシャイで誠実な方だった。一緒に公開トークをしたとき、会場の端っこに座ったお客さんに「スクリーン、見えますか？」と声をかけていた。そう云われた少女は本当に嬉しそうだった。でも、私はそんな宇野さんを天使とは思わない。優しい悪魔に声をかけられた少女は、そのまま絵の中に吸い込まれてしまいそうだ。（穂村）

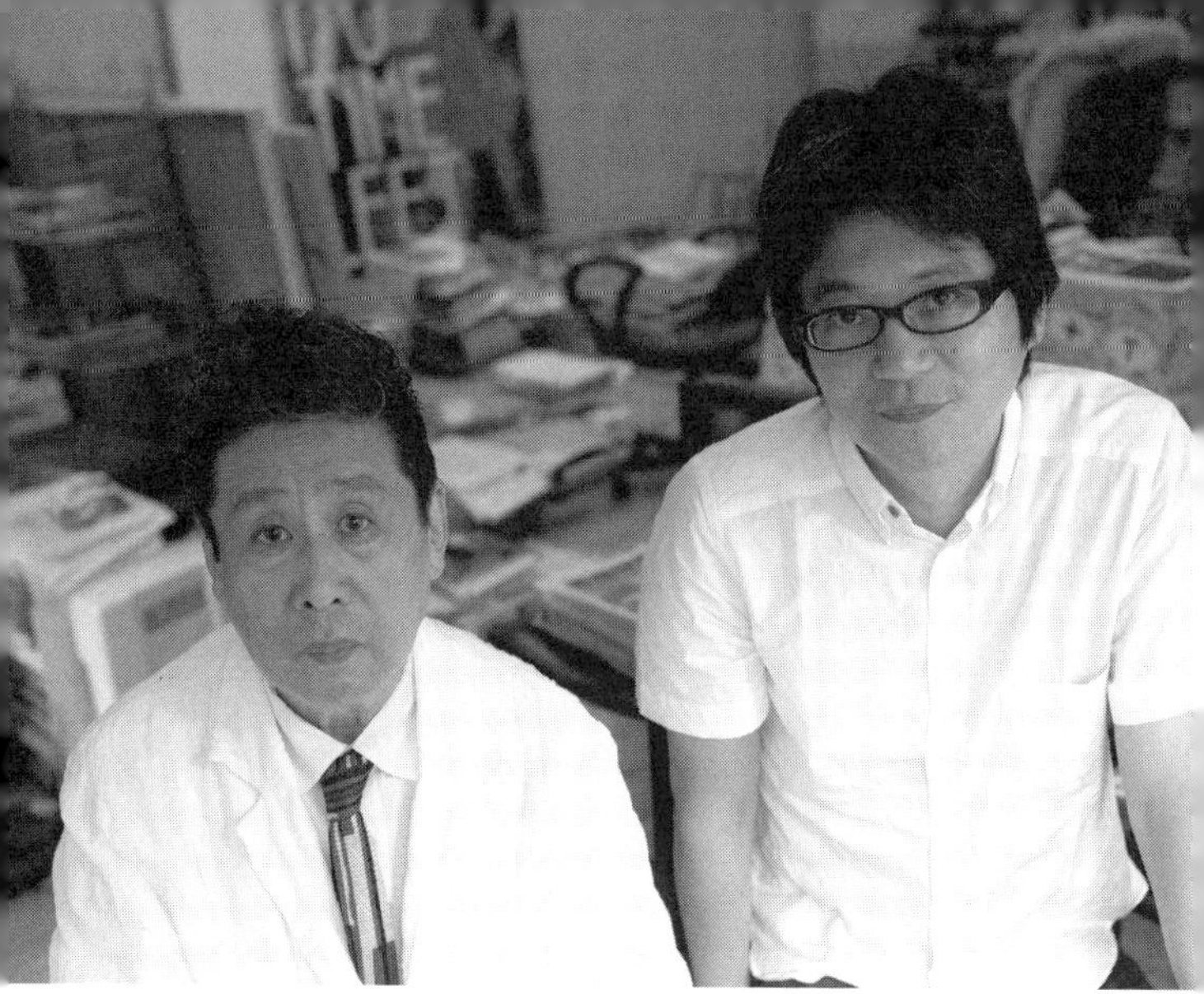

インスピレーションの大海

横尾忠則

美術家

よこお・ただのり

美術家。1936年生まれ。72年にニューヨーク近代美術館で個展。以降パリのカルティエ財団現代美術館など世界各国の美術館で個展を開催。2012年、神戸市に横尾忠則現代美術館、13年、香川県に豊島横尾館開館。1995年毎日芸術賞受賞。2001年紫綬褒章、11年旭日小綬章を受章。同年朝日賞、15年高松宮殿下記念世界文化賞受賞。令和2年度東京都名誉都民顕彰、23年日本芸術院会員。著書に小説『ぶるうらんど』(泉鏡花文学賞)、『言葉を離れる』(講談社エッセイ賞)、小説『原郷の森』ほか多数。

オリジナリティと放下

穂村　禅やインドの精神世界に関心をもったことで、表現において何を手に入れたんですか？

横尾　それは、この現実世界を物質的・肉体的に捉えている論理がありますよね。このぼくたちの物質的背後には、知覚認識を超えたもうひとつのリアリティがあるような気がして、そこを追求したいと思ったんです。科学的に証明可能なものだけでこの現象界を捉えると、それ以外をファンタジーの世界に追いやってしまいますよね。ぼくはファンタジーというか非物質的なものと現実を統合できないかということを、禅の瞑想やインドの旅を通して肉体的に体感したかったんです。

穂村　横尾さんが打ち出してきたもうひとつのリアリティに憧れをもっているんですが、そういうインスピレーションはどこから来るんですか？

横尾　いろんなところから来るんじゃないかな。自分の経験や記憶から来ることもあるし夢から来ることもある。もしかしたら、集合的無意識から来ることだってあるかもしれない。さらに宇宙に記録されたアカシックレコードのように、地球のみならず宇宙に蔓延している意識、時には死者の意識というかエネルギーの作用によることもあるような気がします。たとえば、ずっと存在しているのに誰にも気づかれていない天体が、あるとき何人もの天文学者やアマチュアの探究者によって同時に未知の星が発見されるという共時性もそうした感応の結果だと思いますね。だから、ぼくが独自の発想だと思っていたものでも、もとは地球の裏側のブラジルに住む誰かの想念をぼくがキャッチしたに過ぎないってこともあり得るかもしれない。

穂村　どうしたらキャッチできるようになるんですか？

横尾　自分を解き放った状態で常にいられることが大事なんじゃないですか。禅では無心といいますが。「わたしはわたしであります」と自己主張することは、自分の周囲にバリアを張りめぐらして「わたしは何も受け入れません」と言っているのに等しいですからね。

穂村　それは禅を通して学んだことですか？

横尾　学問的な学びではなく、肉体を通した体験ですね。自分を放下《ほうげ》しなさいと教えられます。これはオリジナルの問題とつながってくる。オリジナルとは、すなわちわたしの主張だから、禅の修行では、まずそれを捨てなさいと言われる。去来する雑念を無視することを概念や考えでコントロールする脳で行うのではなく、肉体で行う。

穂村　世間の人は、横尾忠則といえば、ものすごいオリジナリティをもったクリエイターだと思っていますよね。でも、ご自身ではオリジナリティを求める意識は薄かった、ということですか。

横尾　表現のオリジナリティなんて必要ないんじゃないかな。たとえば、狩野《かのう》派のような日本の伝統絵画の世界では、お弟子さんは師匠のお手本を一生懸命に描写しますよね。オリジナルに拘っているあいだは、オリジナルは手に入らない。第一、オリジナルなんてそんなに貴重なもんですかね。極端ないい方をすると、剽窃《ひょうせつ》の歴史が伝統を生んだわけですからね。ここにはオリジナルの否定があります。

Yンスピレーション

穂村　横尾さんのお考えでは、表現の意識をもって、なおかつ自分をオープンにしておかなければならない、ということですか？

横尾　たいていの人は表現の意識が強すぎるんですよ。表現の意識なんか捨ててしまえばいい。いったい何を表現するんですか、表現するものなど何もないじゃないですか。強い表現意識が逆にインスピレーションのバリアになると思うんですよね。というより、手にするものがすでにインスピレーションだと思いますね。ぼくはいつも表現者はインスピレーションの大海の中を漂っているように思いますね。

穂村　オリジナリティを求めれば求めるほど、それがバリアになってインスピレーションが来なくなるのだとすれば、苦しいですね。わたしを放棄すればインスピレーションを得ることができるなら、そうしたいけれど、どうすればいいのかわからない。

横尾　「努力なんてするな」っていうことでしょう。

穂村　横尾さんは、そういう考えでやってきたんですか？

横尾　ぼくは面倒くさがり屋だから「どうでもいいわ」っていう何かを放下しているところがありますね。どちらかというと受動的です。運命に従うタイプです。

穂村　でも、結果的に仕事量は膨大で、とても面倒くさがりには見えません。その面倒くさがりなところと勤勉なところは、横尾さんのなかでどのようにつながっているんですか？

横尾　それは創作の過程と結果のことですよね。ひとつひとつのプロセスを踏まえた

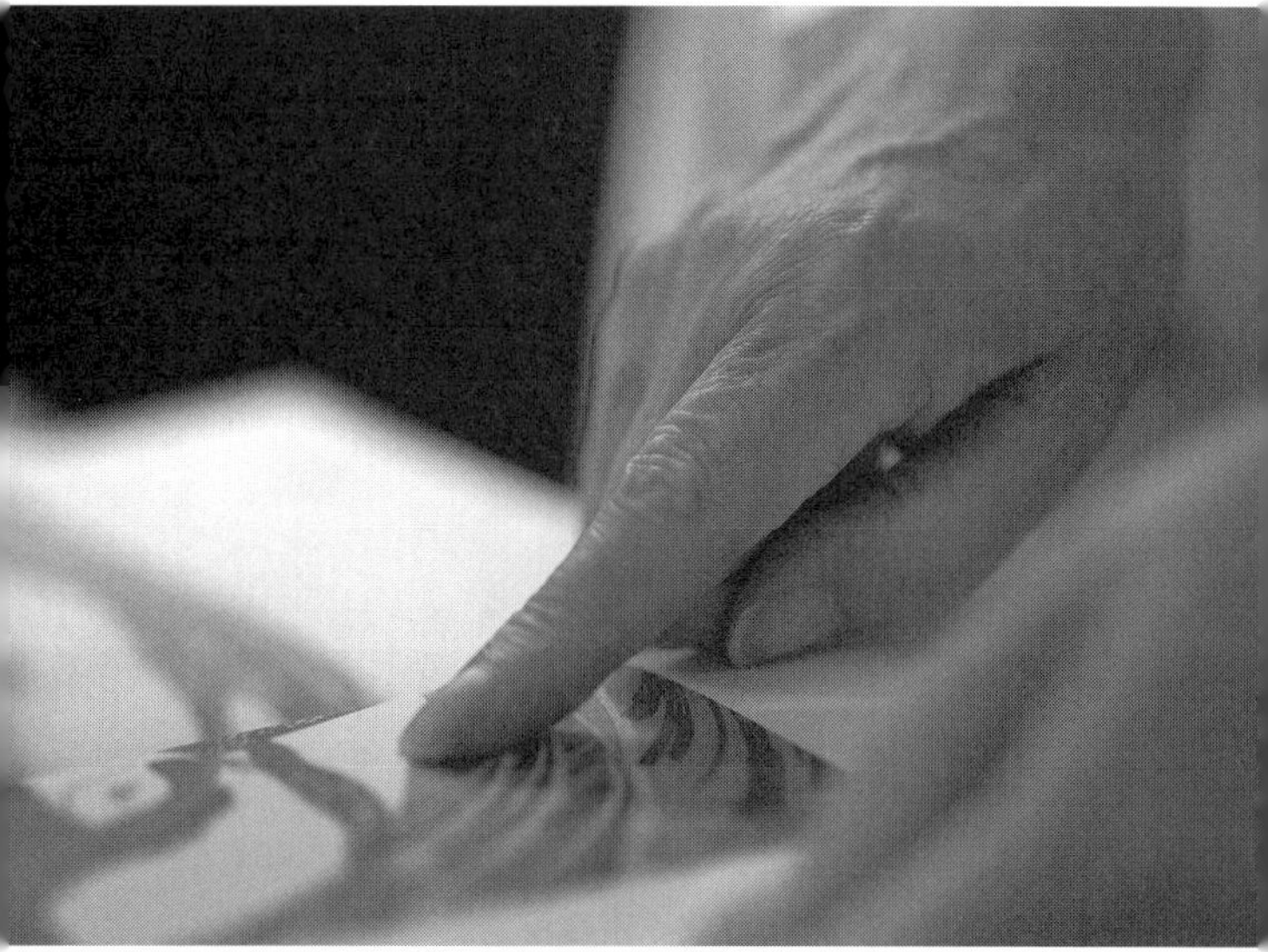

うえで結果を出すようなやり方もあるけれど、いきなり結果を手にすることもある。直観ってそういうものでしょう。論理には手続きがあるけど、直観は突然やってくる。

穂村　無時間なんですね。

横尾　でも、直観だけに頼っていると現実から離れたものになってしまうから、理性が必要なんです。自分のなかで、理性と直観を取り引きさせる。直観の第一波がやって来て「いま浮かびました」って言うと、理性が「それでいいのか？」と問い返す。するど直観が「ちょっとわからない。もうちょっと待とう」と言う。すると、しばらくして第二波が来て……。

穂村　リアルですね。以前、楳図《うめず》かずおさんとお話をしたとき、楳図さんは右脳と左脳という言葉で同じようなことをおっしゃってました。

横尾　楳図さんとぼくは、一九三六年生まれの同い年なんですよ。

穂村　楳図さんは、直観で得たものを論理的に考えて作り込んでいかなければ納得できるストーリーは作れないとおっしゃっていました。

横尾　その通りだと思いますね。

穂村　最初は自分をオープンにしておいて、インスピレーション、直観を待って、それが来たら、理性、論理で吟味する。

横尾　そうですね。でもそれを技術的にやるのではなく、気がついたらそうしている。そして、「こんなもんが出きましたんやけど」と他動的でいいんです。それを、すごく短い時間でやっている気がします。この早さはアスリート気分です。

穂村　横尾さんのなかの、もう一人の横尾さんが吟味するんですか？

横尾　すごく俯瞰的に、虚無的にまるで上空から見ているような感覚ですね。「ん〜、これは空虚だなぁ」とか「お前、つまんないことやってるな」って言われてる気がします（笑）。

穂村　「そんなややこしいこと、どっちでもいいじゃないか」という感じですか？

横尾　ぼくが「面倒くさい、面倒くさい」と言っているのは、常にもう一人の自分がいるからじゃないかと思うんですよね。でも、道が二手に分かれているとき、「どちらかに先に行って、後からもうひとつのほうに行けばいいじゃないか」と言ってくれることもある。

穂村　横尾さんのインスピレーションは現実に根差している印象もありますよね。たとえば「Y字路」は生まれ育った西脇の原風景である、とか。そういうのは説明しやすいから、メディアによって強調されるきらいがあるかもしれないけど……。先日、『えほん・どうぶつ図鑑』（芸術新聞社）という本の企画の打ち合わせのときにそれぞれの絵について質問したら、瞬時に説明していただけたのが印象的でした。

横尾　描いてあるものは、すべて説明できる。けれど、普通はいちいち説明なんかしません。

穂村　その説明が実にバラエティ豊かなんですよね。シリアスなものから、ちょっと微笑ましいものまであったりして。たとえば、獅子の横には必ず蟹がいる。それは、横尾さんの星座が蟹座で奥さんが獅子座だから、とか（笑）。とにかく、横尾さんの絵には、わたしたちが日常的に依拠している論理だけでなく、あらゆる論理が混在していると思いました。個人の枠組みを超えて、他者の記憶が入り込んでいることもありますよね。

横尾　レンブラントが王様や乞食、癩患者や死刑執行人に変装して自画像を描いてますね。そうやって個人に徹することで徐々に個人から離れて普遍的な個になろうとしていたに違いないんです。まず自分というものを徹底的に凝視してやろうじゃないかという発想が、一連の自画像を生み出していったと思うんですよね。ぼくは、個人という自我から入っていく。私小説のように見せかけておきながら、その間をすっとすり抜けて、個人という自我から抜けて個としての普遍的な場所に立って描きたいですね。

穂村　「ヴィジュアルスキャンダル」というのは、横尾さんの造語ですか？

共著の『えほん・どうぶつ図鑑』

横尾　いつの間にかよく使う言葉になってしまいましたね。ぼくにとってシュルレアリスムは、一種のヴィジュアルスキャンダルなのではないかと思ってます。自分の作品に必要な要素です。

穂村　それは衝撃力みたいなものですか。

横尾　竹に雀が止まっていてもヴィジュアルスキャンダルにはならない。三島由紀夫さんは、ぼくの作品を「竹にコカ・コーラが接《つ》ぎ木されている」という言い方をしてましたけど、そうやって本来合わないもの同士を合わせたときに発生する衝撃波のようなものですよね。シュルレアリスムのデペイズマンと同じ論理ですよね。ぼくは自分の作品にかんしては、そうなってるかどうかを判断基準にしています。

アングラ列車

穂村　寺山修司の天井桟敷や唐十郎の状況劇場、土方巽《ひじかたたつみ》の暗黒舞踏といったアングラ文化の全盛期には、みんながラディカルな感情を共有していたんじゃないかと思うんですが、そういう時代はいつからいつまで続いたんですか？

横尾　六〇年代中頃から一九七〇年の大阪万博まで、ですかね。

穂村　すごく短いですね。

横尾　万博で多くの人たちが妥協したと思うんですよ。

穂村　何を妥協したんでしょうか？

横尾　メジャーという商業主義的なものにではないでしょうか。スケールの大きいものを作るには資本の力がないとできない。この時代にはアヴァンギャルドが芸術の主流で、そんな文化の地下水脈にアングラが潜んでいた。日本では流行らなかったけれど、アメリカではレボリューションとしてアングラが存在していたと思うんですよね。とにかく現実の社会体制には「ノー」と叫ぶことでアイデンティティを確立していた。七〇年代には、多くの芸術家が反博《はんぱく》の立場をとっていました。ぼくもその一人だったんです。

だけど万博を機に、大型資本が導入されるようになって、それに合わせて作りたいと思うものもスケールアップしたんです。ポスターのデザインで満足できたところが、建築や映像までやりたいと思うようになってきた。万博に背を向けながらも、純粋にものを作りたいという気持ちがぼくのなかにあったので万博に参加した。しかしその精神は反博だから、せんい館のような崩落的で未完の建築を作ったんです。

穂村　ポスターなら、それほどお金もかからなそうですが、建物となると、比べものにならない費用がかかりそうですね。

横尾　そして、クライアントが求める条件も多くなる。そのひとつひとつをクリアしていけば、結局はたいしたことができないかもしれない。だから、それらの条件と自分がやりたいことの折り合いを付けながら、だましだましやっていくしかないんです。そうなったとき、作品を作るのか、思想を貫徹するのか、という二者択一を迫られるんですよ。

穂村　万博に参加した横尾さんへの批判もありましたよね。角度によっては、資本に思想を売ったように見えるわけですからね。

横尾　当時はグラフィック・デザイナーだったので、常に資本家相手の仕事です。「横尾さんは反博の立場をとっていながら、なぜ大規模なパビリオンのオファーを受けたのか」と批判されることが多かったんですが、ぼくはただ純粋にものを作りたかっただけなんです。これを逃したら、もう二度とできないような大きな仕事だと気づいていましたからね。あの建物でスケールの大きい反博精神も表現できると思いました。

穂村　万博に時代的な分岐点があったんですね。ぼくには、アングラ文化の熱かった数年間への憧れがあるんです。

横尾　穂村さんは、そのへんの時代のことに詳しいよね。そのころいくつだったの？

穂村　ぼくは六二年生まれだから、まあ生まれてはいたけれど（笑）。

横尾　そうかぁ。ずいぶん若かったんだね。

穂村　横尾さんや高橋睦郎《むつお》さんや宇野亞喜良《あきら》さんとお話をしていると、時代の輪郭が少しずつ見えてくるんです。

横尾　自由な時代っていうのかな。今みたいにピリピリした空気感はなかったね。学生運動は激しかったし、時代に特有の不安感はあったと思うけど、今みたいに社会全体が命の危機にさらされるような問題はなかった。

穂村　そのころ、横尾さんがすごいと思っていたクリエイターは誰ですか？

横尾　すごいと思う人とは、いつも一緒に仕事をしていましたよ。三島由紀夫を初め、寺山修司も唐十郎も土方巽も。すごいと思う人とは次の瞬間から一体になってるんですよ。大島渚も一柳慧《いちやなぎとし》も。自然とくっついてしまうんです。細胞分裂の反対ですよね。

穂村　クリエイター同士が結合して、情熱的に何かを作りだす雰囲気ですよね。今は、そういう有機的な関係性があまりないような気がします。

横尾　ないね。あの時代のヨーロッパにもそういう動きがあったと思いますよ。

穂村　いまそれがあったら、すごくエキサイティングだろうと思うんです。

横尾　あのころは、誰かが指導したりプロデュースするという関係ではなく、自然と結びついて、一緒に活動していた感じでしたね。資本の論理から自由だったんですね。

穂村　アングラ文化のなかで活躍したクリエイターには、ずっとアングラのままで終わってしまった人と、横尾さんのようにそうでない世界へのアピール力を身につけて、世界的な存在になった人がいましたよね。その違いは何だったと思いますか？

横尾　いろいろな要因があると思うんだけど、ぼくの場合は運命的なものが大きかったかもしれないね。いいタイミングでニューヨークに行けたし、現地でアメリカを代表する芸術家との出会いがあった。それは願ったり図ったりしてできるものではないからね。ものすごく自然な成り行きで、ここまで来ました。それは、うまくあの時代のレールに乗れたからなんだと思う。アングラ列車には必要な人間が全員乗りこんでいたんです。その列車の機関士や車掌が誰なのかわからなかったし、行き先もわからなかったけれど――。それが夢や希望だったんでしょうね。

逢ってから、思うこと

横尾忠則さんの作品はもちろん素晴らしいけれど御自身も異能者に思える。絵やデザインや文章だけでなく、その発言や振る舞いの全てが別世界からの特別な情報を伝えているようで注目せずにはいられない。或る食事会の席でのこと。突然、横尾さんがゆで卵を立て始めた。その真剣な手つきを見ているうちに、何故か同じことをしたくなって、全員がいっせいに卵を立て始めたということがあった。現実の世界が横尾さんのインスピレーションによって上書きされたというか、異次元の色彩を帯びたことが忘れられない。みんな夢中で楽しそうだった。横尾さんの引力圏にいるとき、対談の中でも語られている現実的世界の論理を超えた「もうひとつのリアリティ」は確かに存在する、と感じられるのだ。(穂村)

I HAVE
NO
TIME
LEFT

カメラの詩人

荒木経惟

写真家

あらき・のぶよし

写真家。１９４０年生まれ。63年に電通入社（72年に退社）。64年に「さっちん」で第１回太陽賞を受賞。71年、私家版『センチメンタルな旅』で「写真家宣言」。２００８年にオーストリア科学・芸術勲章受勲。11年に安吾賞、13年に毎日芸術賞特別賞など受賞多数。

カメラの詩人

穂村　今日はすごく緊張して来たんです。
荒木　毎月会ってるじゃない（笑）。大丈夫だよぉ。
穂村　荒木さん、いま体調はどうですか？
荒木　すぐ死にはしないって言われてるけど、ずいぶん疲れやすくなったよなぁ。
穂村　カメラを持ったときのパワーなんて、ものすごいじゃないですか。
荒木　カメラを持つと元気になっちゃうんだよ。まだまだ死なないね。自分が撮ってきたものを見きれてないんだよ。いまだって撮り続けてるだろ。発表できてないものもたくさんあるから、生きてるうちに自分で発表したいよな。
穂村　自分で撮ったものを見るっていうのは、本の形で見るってことですか？
荒木　ブツになんなくちゃ面白くないね。写真は写真集で見るのが一番だと思ってるから。

天才の学び方

穂村　荒木さんは、ご自分の才能を若いころから確信していたんですか？
荒木　そういう感じはあるね。最初は、写真においては天才って限定して言ってたんだよ。それがいつのまにか「天才アラーキー」になって、そこまではよかったんだけど、次に赤塚不二夫が『天才バカボン』なんて漫画を描いちゃったもんだから、おかしくなっちゃったんだよ。「天才」の意味が変わっちゃってさぁ（笑）。
穂村　結果的に「世界のアラーキー」になったから、自分で自分を見る眼をもっていたことが証明されましたよね。でもそうならない人もたくさんいると思うんです。何が違うんですか？
荒木　生まれつき、としか言えないかもね。
穂村　弟子をたくさん育てたいっていう欲求はありますか？
荒木　写真は教えられるもんじゃないね。絵描きなら、うまく描くための技法なんかがあるじゃない。写真の場合、カメラの性能がすごくよくなっちゃって、教えること

がないんだよ。昔の弟子っていえば、三脚持ったり現像したりするわけだけどさ、もうそういう必要ないしさ。いま写真を決めるのは、写真家の人となりだね。

穂村　写真には撮る人のまなざしが出ますよね。

荒木　出ちゃうんだよねぇ。ダメなやつがいくら撮ってもダメなんだよ。撮る人の人間性を写真がバラしちゃうんだ。

穂村　それってすごく残酷なことですね。

荒木　すぐ否定されちゃうんだから、大変なんだよ。で、そういうときに強いのが女だよな。

穂村　女性は違いますか？

荒木　全然違うよ。女のほうが上じゃない。女は本能のままに撮れるだろ。時代への反応もいい。昔は、カメラは男根だって言ってたけど、本当は違うんだよ。攻めちゃダメなんだ。カメラは女性器。受容するもんだよ。相手を入れこむ気持ちがないとダメ。男は、女に従ってれば間違いないよ（笑）。

穂村　人に教えられるものでないとしたら、写真を撮る能力ってどうやって身につけるものなんですか？

荒木　アタシの写真は被写体に鍛えられてきたんだよ。女や街に。よく言うんだけど

さ、お袋と親爺の死にアングルとフレーミングを教えられたんだよ。死んじゃったら、バカなこと言っても笑いもしないじゃない。寝ているところを、本人が喜ぶように撮ってあげようと思って、アングルを探すんだよ。親爺が死んだときは、一緒に銭湯に行ったときみたいに元気な顔じゃなくなってんだよな。だから顔をカットしちゃうんだよ。そうやって鍛えられてきたんだ。光と影、構図、アングルなんていう写真の基本は、ベラスケスの絵で学ぶもんじゃなくて、実際に被写体から学ぶもんなんだよ。

穂村　撮影のときは、被写体とどう向き合ってるんですか？

荒木　愛しい気持ちをぶつけてくんだよ。

穂村　愛情ですか？

荒木　愛情って言うと大袈裟すぎるけどさ、愛に近い情だよな。

穂村　そういう情を持てなかったら？

荒木　そしたら写らないよ。女でも、花でも、街でもさ、情がなかったら撮れないよ。情に溺れるなって言うけど、本当は溺れちゃえばいいんだよ。そのとき、自分がさらけ出されてくるし、相手も自分をさらけ出すようになる。それとさ、相手にも小さな裏切りがあるもんなんだよ。それがないとダメなんじゃないかって思ってんだ。

穂村　被写体と相思相愛になっちゃったら、裏切りはなくなっちゃいませんか？

荒木　結婚してもどっかに後ろめたさがない？　あるだろう？　そういうのがなかったら面白くないんだよ。許せる限りの裏切りだけどね。

穂村　相手が人間なら裏切る、裏切られるっていう関係とか、後ろめたさもあるかもしれないけど、たとえば相手が猫だったら、そういう関係性が成り立たないんじゃないですか？

荒木　裏切りっていう言葉じゃ語れないけど、それ以上のものを感じることがあるね。とくに猫はそうじゃない？　こちらが思っているのとは違う何かがあるよ。

穂村　そうですね。では、グラスとか建物を撮るときは、どうやって自分のなかの愛情ポイントを見つけるんですか？

荒木　そこにアタシの才能が溢れ出ちゃってるんだよ（笑）。

穂村　うふふ。この対談シリーズでは、その秘密が知りたいんです。教えてください。

荒木　自分でも不思議でしょうがないよ。

穂村　荒木さんが撮れない被写体ってありますか？

荒木　幽霊まで撮れるって言ってるけど、あれはよく写んないんだよ。撮れないのは、夢だね。でも、こないだ夢が撮れたんだよ。おぉ、ついに夢が撮れたーって思ったら、それが夢だった（笑）。

四五〇冊のコラボレーション

穂村　改めて年譜を拝見しましたが、とてつもない仕事量ですね。十人分は優に超えてますよ。
荒木　十一面観音だとか千手《せんじゅ》観音だとか自分で言ってんだけどさ。海外から取材に来ると、アラキってのが五人くらいいるんじゃないかって訊かれんだよ。工房だと思ってんだよな。
穂村　やっていて、気持ちが揺らぐことってありませんか？
荒木　そんなこと考える時間を自分に与えないんだよ。
穂村　スランプってありませんでしたか？
荒木　ないねぇ。
穂村　一度もない？

荒木　うん。ロバート・フランクが二度目に日本に来たとき、彼はムービー撮ってたんだよ。写真撮らないの？　って訊いたんだけどさ、まわりが言うには、どうもスランプだったらしいんだよな。だから「スランプなんてカメラを代えれば治っちゃうよ」って言ったんだけど、訳してくれなかったんだよ（笑）。

穂村　どうしてスランプがないんですか？

荒木　だって、写真は他力本願なもんだからさぁ。スランプだったら、時代とか世の中がスランプなんだよ。

穂村　特に本の形でたくさん出しますよね。これまでに四五〇冊も制作されたというのは、本当にすごい。

荒木　この前さ、写真集を集めて「写真集展」ってのをやったんだけど、なかなかよかったなぁ。

穂村　すべての仕事の最終チェックはご自分で？

荒木　どさっとくるから全部は見きれないな。誰かにやってもらうことが多いよ。それにさ、組んでやったほうが面白くなるから。

穂村　全部はやらない？

荒木　もちろん、全部やることもあるけどさ。何人かでやったほうが、あとになって

「あぁ、よかったな」って思えることがあるよな。やっぱりね、人生はコラボレーション。アタシが天から決められたことは、カメラを持つことだったんだよ。でも、カメラ持ってるだけじゃ、何も写らないじゃない？　次は、被写体とのコラボレーションだよ。それがブツになれば、読者とのコラボレーションだよな。

穂村　編集者の末井昭さんのようなサポーターというか、盟友がいましたよね。

荒木　弥次喜多道中じゃないけどさ。人生は道中なんだよ。一人でなんでもできるもんじゃないし、一人でやるべきでもない。編集者だったり、ギャラリーだったり、評論家だったりさ、いい相棒がいないとダメなんだと思うよ。

キッチンラーメンって店でヌード写真展をやって週刊誌で騒がれはじめちゃったのが電通を辞めるきっかけだったんだけどさ。そこの店主が最初の名プロデューサーだったたなぁ。

穂村　キッチンラーメンって、どこにあったんですか？

荒木　銀座の伊東屋のあたりだったかな。あのころはまだ、心の中が舗装されてない時代だったよ。

穂村　面白い表現ですね。ぼくらくらいの世代から、心が舗装されちゃってるみたいです。高速道路くらいに。

荒木　そうだろうなぁ。
穂村　メンタルが舗装されている感じがあって、自分でもどうしようもないんですよ。
荒木　泥の道を歩いたことなんてないんじゃない？　そういう感覚がなくなったのは、東京オリンピックのころじゃないかな。
穂村　そういう感覚って、荒木さんにとって重要なものですか？
荒木　そういう気分はあると思うよ。
穂村　雨が降ってぐちゃぐちゃになるような。
荒木　都電の振動で揺れちゃうようなもんだよな。下町の心っていうか。
穂村　ご自身が日本の写真家であることをどうお考えですか？
荒木　日本人ってのは、湿度のある人種というか、ウェットだね。アタシの写真もセンチメンタルだもんね。
穂村　「センチメンタルな旅」って、すばらしいタイトルでしたね。
荒木　写真を撮ることはセンチなことであって、人生は旅のようなもの。つまり、写真家として生きるってことは……まだ終わらないんだよ。
穂村　森山大道さんと荒木さんで写真は終わりだ、って対談やインタビューでおっしゃってますよね。

荒木　俺らがやめたら、写真のセンチメンタリズムは終わり。写真の持っているクラシカルな部分は消えちゃうよ。

いい顔とは

穂村　二〇〇二年に「日本人ノ顔」プロジェクトをはじめて、いろんなところで人の顔を撮ってますよね。昔の日本人には欧米人とは違う意味ですごい顔の人がいたと思うけど、いまの日本人の顔ってそうじゃないですよね。
荒木　無国籍になりつつあるかもね。
穂村　あんなにたくさんの顔をどんな気持ちで撮ってるんですか？
荒木　日本人の顔ということじゃなくて、その人の顔を撮ってあげるっていうことだよな。それぞれ魅力があると思うよ。
穂村　荒木さんの写真を見ると、この女優さんのこんな顔見たことがなかったな、って思えるものがありますよね。

荒木　自分で気づいていない美しさに気づかせてあげることも、写真のひとつだと思うね。

穂村　でも、そういう未知の顔を引き出さなきゃいけないんですよね。どうやるんですか？

荒木　それは相手によって違うじゃない。ラブホテルに行ったほうがいい場合もあるし、十年続けて撮ることでだんだんとよくなってくることだってある。

穂村　プロのモデルさんや女優さんって撮られるのに慣れてるから、自分の魅力の見せ方を知ってるじゃないですか。私の決めポーズはコレって決めてる人もたぶんいますよね。

荒木　ある時代を制した女優たちはみんな止まっちゃうんだよな。

穂村　そういうときは、どうするんですか？

荒木　その程度の魅力じゃないよ、って言ってあげるんだよ。自分が欠点だと思ってた鼻の穴が美しいってこともあるんだから。

穂村　その人の中に眠っている一番素敵なところが荒木さんには見えるんですか？

荒木　見えるっていうんじゃなくて、引き出していくんだよ。そういう魅力は、こっちがさらけ出さないと出てこないもんだからさ。

穂村　どうやるんだろう。

荒木　カメラに目を向けないとか、目をつぶるとか、自分で決めちゃってることがあるじゃない。自分のコンセプトに自分の顔を合わせようとすると、つまんないものにしかならないよ。

穂村　自信がないから、そうしちゃうんでしょうか。

荒木　そうなんだよ。本人がしっかり自信をもてば、いい顔になるんだよ。

穂村　荒木さんにとって、いい顔ってどんな顔ですか？

荒木　男の凛々しい顔もいいし、陰りが見えるような女の顔もいいけどね。いまなら現世のほんの束の間の笑顔を撮ってあげたい気分だな。

穂村　荒木さんが撮った笠智衆《りゅうちしゅう》は笑顔でしたね。

荒木　彼岸からヨォって声出してるみたいだろう？

穂村　いい写真だと思います。

荒木　「さようなら」と「こんにちは」が混ざってるんだよ。そういうのがポートレイトの名作なんだ。

穂村　そう言われると、仏様みたいに見えてきますね。

荒木　やっぱり本人なんだよなぁ。向こうにそういうものがあれば、写っちゃうんだよ。
穂村　シャッターを押すときに、どんな写真になるかわかるんですか？
荒木　もう何十年もやってるんだもん。
穂村　見てびっくりすることはない？
荒木　ないね。昔は撮ってるときにすばらしいものになりそうだと思っても、写真にするとそのすばらしさが出てこないこともあったんだけど、いまは撮っているときの感じよりも、さらにすばらしいものになっちゃうんだ。絶好調だよ。
穂村　何が変わったんだろう。
荒木　頂点に達しつつあるんじゃない？
穂村　いまがピークなんですか？
荒木　でも、頂点に行っちゃうと直下型地震とかさ富士山噴火とかが起こりそうだから、行かねぇんだよ。
穂村　たまにそういう発言がありますね。フレーミングが完璧すぎて危険な感じがするとか。それって、どういう感じなんだろう。
荒木　構図が完璧で光と影の感じがいいと、名画になっちゃうわけだよ。でも、写真はそういうものじゃない。芸術作品として別のものにしちゃうんじゃなくてさ、その瞬間の被写体の魅力を出すことが大事なんだよ。

逢ってから、思うこと

荒木経惟さんの撮影現場に何度も立ち会ったことがある。資生堂の「花椿」という雑誌の連載で毎回さまざまなゲストを呼んで対談させて貰った。その頁の撮影を担当されていたのだ。その場では撮られた写真は見えない。でも、その場ですぐにわかることもあった。それはアラーキーの言葉の凄さだ。カメラを前にして緊張気味の被写体に向かって、気さくに声をかける。スタジオの白い床を指さしながら、「ここ雪だよ」とひとこと云っただけで、相手の表情や立ち方や雰囲気が一変してしまう。だから、撮影の最初と最後では別人になってしまうのだ。この対談でも「『さようなら』と『こんにちは』が混ざってるんだよ。そういうのがポートレイトの名作なんだ」などの名言を連発されている。（穂村）

マンガの女神

萩尾望都

漫画家

はぎお・もと

漫画家。1949年生まれ。69年に「ルルとミミ」でデビュー。76年に『ポーの一族』『11人いる!』で第21回小学館漫画賞、97年に『残酷な神が支配する』で第1回手塚治虫文化賞マンガ優秀賞、2006年に『バルバラ異界』で第27回日本SF大賞を受賞。12年に紫綬褒章を受章、19年文化功労者に選出。その他の著作に『なのはな』『私の少女マンガ講義』など。

マンガ界の巨匠たち

穂村　萩尾さんについて書かれているものを読むと、神様仏様っぽさについての言及が必ず出てきますよね。
萩尾　びっくりしますね（笑）。
穂村　そういうオーラが出てるんじゃないですか。
萩尾　たまにしか会わない人の前だと、猫っかぶりでおとなしく話をするからだと思いますけど。
穂村　去年初めてお目にかかったときは、リスペクトが暴走してすごく緊張してしまって（笑）。
萩尾　お気持ちはよくわかります。私も手塚治虫先生にお会いするときは、いつも緊張が先に立ってしまって……。すごく気さくな方なんですけど、お顔を前にすると何を喋っていいかわからなくなってしまうんです。対談のあとになって、あれを訊けばよかった、これも訊けばよかったと思うんですよね。でも、そんな質問はきっと何百回もされてるんだろうなと思ったりもして（笑）。

穂村　手塚さんが亡くなったときに書かれた萩尾さんの追悼文を覚えています。尊敬の気持ちがひしひしと伝わってきました。

萩尾　「マンガの神様」というのはちょっと陳腐な言い方ですけど、手塚治虫先生がいなかったら、戦後の日本のマンガはここまで発展できなかったのではないか、という思いがありますので。手塚先生はマンガを文化として育てた方ですよね。

穂村　同性の先輩だと、どんな方に憧れていたんですか。

萩尾　女性のマンガ家はまだ少なくて、私が小学生のころ活躍しておられたのは、水野英子先生、わたなべまさこ先生、牧美也子先生といった方々です。

穂村　手塚さん以外の男性作家ではどうですか。

萩尾　石ノ森章太郎先生と、ちばてつや先生ですね。

穂村　マンガ界の巨匠たちですね。萩尾さんをはじめ、大島弓子さん、山岸涼子さん、竹宮恵子さんといった「24年組」（昭和24年前後の生まれで、少女マンガの黄金期を作った作家たち）にも、キラ星のような才能が集まっていますね。どうして同世代に、あんなに才能が噴出したのでしょうか。

萩尾　私が中学生のころ、講談社の『週刊少女フレンド』と集英社の『週刊マーガレット』が立て続けに創刊されて、作家が足りない時期があったんですね。出版社が定期的に作品を公募していて、それでデビューなさったのが里中満智子《まちこ》先生や青池保子《あおいけやすこ》先生、飛鳥幸子《あすかさちこ》先生。そういうこともあって、マンガ好きの女の子は「あっ、私にも描けるんだ」と気がついたんだと思うんです。

穂村　場の問題が大きかったということですか。でも、今だって描く場所はたくさんありますよね。

萩尾　はい。コミケは盛んですしね（笑）。

穂村　だから、それだけでは説明しきれないように思うんです。もっと内的な要因があったのではないでしょうか。

萩尾　みんな最初は恋愛マンガからはじめたんですよ。

穂村　それは自発的にですか。

萩尾　もちろん、読者に受けるだろうっていうことも考えますけど、やはり恋愛問題は女の子の関心事だし、「私という女の子は何を考えているのか」を表すのに最適のテーマでもあったんですね。少女マンガには、女の子の問いかけがいっぱい詰まっている。

穂村　萩尾さんにも、そういった主観的な作品がありましたか。

萩尾　私にはないですけど、当時読んでいたマンガの大半はそうでした。

穂村　いわゆる少女マンガという感じで。

萩尾　恋愛しないまでも、女の子が活躍するマンガですね。たとえば探偵になったりして。八割ぐらいは当時のアメリカ文化の影響を受けていてバタ臭かった。たいてい舞台がアメリカか無国籍のどこかの国で、通学カバンなんか持たずに本を二、三冊ブックバンドで束ねて持ち歩いていて、男の子から次のダンスパーティーでパートナーになってほしいってデートを申し込まれる、とか。見たことも聞いたこともないような世界の話ですけど（笑）。

穂村　そうなると、男性はなかなか付いていけない。そういう少女マンガのイメージは確かにあるけれど、24年組の人たちは従来のそれとは違う未知の世界像を提示されたと思うんです。

萩尾　24年組といわれる人たちも恋愛ものを描きましたけど、そのなかで「私は何を考えているか」ということを描いて、その延長線上で独特の世界観を持つ作品が生まれたということではないかと思います。

穂村　ぼくは感受性の鋭敏な時期に24年組の方々の作品に出会ったので、その後の自分の世界観にかかわるような大きな影響を受けた気がしています。一コマの絵、ネーム、それに登場人物のネーミングまで、今も自分のなかにしみついている感じで。

男女のフェアネス

穂村　ある時期まで、大人はマンガを読まなかったし、そのあとも長らく男性が少女マンガを読むことはあまりなかったと思いますが、萩尾さんの出現によって男性でも熱心に少女マンガを読むようになりました。「萩尾望都だけは読む」という男性ファンが、ぼくの周りには多かったんです。

萩尾　そうでしたか。ありがとうございます。

穂村　なぜ男性のファンも増えたんでしょうか？

萩尾　『11人いる！』（小学館、一九七六年）で、男性読者が付いてくれたみたいです。

穂村　SF作品がきっかけだったんですね。おいくつで描かれたんですか。

萩尾　二六歳です。時間がなくて、走って走って描いた作品です。

穂村　『11人いる！』を大人になって読み返したら、萩尾さんは性差へのまなざしを

強くお持ちだったのではないかと思ったんですが、当時そういう意識はありましたか。

萩尾　そのころ、意識的に性差について考えていたわけではないんです。ル＝グウィンの『闇の左手』と『風の十二方位』を読んだとき、男女が意識を伴って変換するということがすごく面白くて、そこでいろいろなものがつながって、フロルベリチェリ・フロルのようなキャラクターが出てきたんですね。

穂村　『11人いる！』のタダトス・レーンとフロルベリチェリ・フロルは、宇宙大学の入試で出会い、恋をする。性が未分化なフロルは男性であるタダを愛して、タダのためなら女性になってもいいと思っている――。はじめて読んだとき、ぼくはまだ子どもだったので、男か女かわからない生命体という設定が新鮮だと思っただけでした。でも、いま思えば、男性が男性であることとは違って、女性が女性であること、女性として社会で主体性を獲得していくことは、男性ほど容易ではない。もしかすると萩尾さんは、初期の段階からそのことをすごく意識していたのではないかと思ったんです。

萩尾　そういう気持ちはあったのかもしれないですね。『11人いる！』にはいろんな続編があって、まだ描いていないんですが、フロルのお兄さんが行方不明になってしまうというエピソードがあるんです。

穂村　どんな話なんですか？

萩尾　どうせもう描かないだろうから、ネタバレですけど（笑）。

穂村　ええ、描いてくださいよ（笑）。

萩尾　フロルのお兄さんは何人妻を娶《めと》ってもいいんです。あるとき、政治上の問題から新しい妻をもらうことになったのですが、お兄さんが行方不明になってしまう。それでお母さんが、まだ性が未分化であるフロルに「男になれ」と迫って揉める話なんです。フロルはタダと結婚するつもりなんだけど、両親に「国をつぶす気か」といわれて、泣く泣く男性になる決心をする。フロルはタダに「婚約破棄しよう」っていいに行くんですが、もちろんタダは大反対。フロルは「ぼくは男になるけど、タダが男の愛人になればいい」と提案して、ますます大反対するという（笑）。

穂村　凄い。発表したら、きっと読者は大喜びしますよ！
　前回お会いしたときも話しましたが、昔のガールフレンドに「なんで現実の男の人はみんな、オスカー・ライザーみたいじゃないの？」って真顔で訊かれたことがあって。そのときぼくは絶句してしまったんです。たしかにそうだよなって（笑）。

萩尾　その話がすごく面白かったので、ときどき思い返すんですよ。そして日本を舞台にした場合、『トーマの心臓』のオスカー・ライザーみたいなキャラクターはどこ

に存在するんだろうって考えるんです。『母と娘はなぜこじれるのか』（NHK出版、二〇一四年）で誰かがいってましたけど、心理的に男の人はシンプルで、女の人が思っているほど複雑には考えないらしいんですね。女の人のほうがこまこま考えている。そして、女の人がそうやって考えていることを男の人は理解できない。図案的にいえば、女の人はスカートをはいていて、そのスカートの襞の数だけ、こまこま考えている。そのことをズボンをはいた男の人がわからないのはしょうがない。オスカーは男の子だけどこまこま考えるタイプで、いってみれば半分スカートをはいているようなものですから、そんなボーイフレンドを見つけるのはちょっと難しいかもしれない（笑）。

穂村　ガールフレンドにそう訊かれたとき、ぼくは男女間のフェアネスを問われているのかと思ったんです。男が複雑に考えないでいられるのは単に社会的に優位にいるからじゃないか。自分よりも彼女のほうが収入が多いとか、社会的に認められているとか、そういうときでも心から祝福できるのがフェアな愛情ですよね。でも、それって、かなりハイレベルな男性にしかできない。オスカーは本当のフェアネスを持っているけれども、たいていの男性はそこまでのものを持っていない。自分が優位なときには対等に接することができても、不利になったり追い詰められたりすると、嫉妬深くなったりして地金《じがね》が出てきてしまう。

萩尾　そうですね。男の人は、なにか重石がないと不安になってしまうんでしょうね。女の人は相手にそれほどこだわらないけど、男の人は相手のほうが出来がいいと気にしてしまう。それを「別にいいもん」っていえる男の人がどれくらいいるのかな。

生の行方

穂村　以前『小説トリッパー』(二〇一三年秋号、朝日新聞出版)の対談で小説家のあさのあつこさんと「24年組」について話したんですが、24年組の才能はぼくたちにパラダイスを見せてくれたけど、まだ「魅力的に成熟した大人像」を描いていないのではないか、という話になって。永遠の少年少女としてのバンパネラや超能力者の天才少年やエキセントリックな少女や人間になりたい仔猫は描かれてるんですが。

萩尾　大島弓子さんは、とくに顕著かもしれませんね。

穂村　萩尾さんは、あるとき「ようやく大人が描けるようになった」という発言をされていましたよね。

萩尾　父親や母親をちゃんと描けるようになったのは『バルバラ異界』（二〇〇二～〇五年連載）からですね。それまでは、子ども目線からしか描けなくて。

穂村　成熟した大人を描けるようになったことを、ご自身でどう捉えていらっしゃいますか。

萩尾　歳を取れば自動的に大人になると思ってたんです。ところが三〇歳になっても四〇歳になっても、ちゃんと大人になりきれない自分がいる。精神年齢はいくつで止まるんでしょうね？　以前は三〇くらいかと思ってたんですけど、今では二三くらいかなと思うこともあって。穂村さんは、いま、おいくつですか。

穂村　ぼくは五一歳です。

萩尾　ご自身で五一の大人の男性になっている感覚ってありますか。

穂村　ないですね。

萩尾　何歳くらいの感覚ですか。

穂村　それは一つだけではなく、二つか三つあるような気がします。三歳くらいの自分、思春期の自分、それと二十代後半の自分がいます。それ以降はいない感じですね。

萩尾　三歳っていうのはすごいですね。
穂村　全能感が捨てられていない気がするんです。
萩尾　ほほう。それはすごい。
穂村　けっこうみんなそうなんじゃないかな。たとえば、お酒を飲むと一人称が「俺」になって全能感が噴出する人っているじゃないですか。
萩尾　女の人でもそうだと思いますか。
穂村　女性の場合は、そこまでの人はあまり見ないかもしれないですね。
萩尾　女の人が三歳のときの自分を上手に残すのは難しいかな。大島弓子さんは五歳の自分を上手に残してる人かもしれないですね。ちびねことか。
穂村　子どもが大人になるということが、猫が人間になるくらいのギャップのように感受されているのかもしれないですね。萩尾さんは、大人になることや、人間として成熟することをどうお考えですか。魅力的な大人の世界ってどこにあるんでしょうか。
萩尾　今の大人は成熟しないし、魅力的な世界もないですよ。思春期の混沌を背負ったまま、会社や家庭で居場所を広げているだけのように見えます。
穂村　大人の社会的な広がりって、結局のところ物質とお金に換算できるものですよね。その一方で、自分が描く世界像というかインナースペースの広がりもある。それを犠牲にしながら、大人は社会の中で自己を拡大していくイメージがあるんです。

萩尾　世の中って複雑ですよね（笑）。「大人は権力を持っているから、もっと幸福なんだろう」とか「毎日大きなことをいっているんだから、それなりに力があるんだろう」と思っていたけど、実際はそうじゃない。幸福になるために必死に努力しなければいけないし、お金も稼がなければならないし、健康にも気を使わなければならない。そうやって生きていくのは大変なことですよね。その苦労のせいで、自分の世界をどんどん狭めていく。

穂村　ぼくは社会に出たとき、物質とお金でできている社会の圧力があまりにも強くて、別の世界像があるならそれを採用したいという気持ちがあったんです。でも、別の世界の中だけで生きることも難しいですよね。「ぼくは生まれ変わるから、お金や物質なんていらないんだ」とまで断言できない。

萩尾　一年に一日か二日くらい、私もそういうことを考えたりします。そこに関してはブレていいのではないかと思ってるんですよ。やじろべえみたいにあちらにブレたりこちらにブレたりすることで成り立っているのが地上の世界だと思うんです。

穂村　その揺らぎの中で生きていてもいい、と。

萩尾　それが人間の一生なのかな。でも、極端にどちらかに振れると苦しいですから

ね。息苦しくなったら別の方向に行く。本を読んだり、いろいろなものに接したりして。絵や音楽、演劇、ダンスって、そういうバランスを取るのにいいのではないかと思います。

穂村　『バルバラ異界』に出てくるお父さん（渡会時夫）は、やわらかい大人として描かれていますね。大人といっても無敵じゃない。そういうところに、萩尾さんの優しいまなざしが注がれている気がしました。

萩尾　子どものころわがままでも、どんどん周囲を許していって、そうやって少しずつ大人になっていくんだと思うこともあるんです。でも反対に、許さないことを増やしていく人もいますよね。『バルバラ異界』のお母さん（北方明美）みたいに。

穂村　萩尾さんの作品では、登場人物のそれぞれが生の可能性のベクトルを持ち分けていますよね。さまざまな生き方や考えが交錯する壮大な思考実験のような趣もあります。

穂村　中編や長編のストーリー構成は、連載開始時から全体像が見えているんですか。
萩尾　二作品を除いては、全部見えてましたね。
穂村　その二作品は何ですか。
萩尾　『スター・レッド』（小学館、一九八〇年）と『バルバラ異界』です。
穂村　えっ、あんな複雑な作品を、全体像が見えないまま描いたんですか。
萩尾　『バルバラ異界』は最初うまくつながらなくて、そのうち破綻すると思ってました。きっと「萩尾望都はついに駄目になった」っていわれるんだろうけど、もう私も歳だから許してもらおうって（笑）。
穂村　全体が見えないならシンプルな話にしてもよさそうなのに、『バルバラ異界』はことさら複雑になってませんか。
萩尾　自分でも参りましたよ。最初は前後編あるいは四回の連載で描く予定だったんです。現実の世界にお父さんがいて、夢の世界に子どもがいる。お父さんは子どもを亡くしているが、夢の世界に行けばその子に会える。その子を夢の世界から連れて帰りたいんだけど、その夢を見ている少女を目覚めさせると、その世界が消えてしまう――。そこまで考えて、あとは描きながら決めようと思っていました。だけど、描き始めたら、夢の世界の構築が甘かったせいか、夢の世界に全然手触りがないんですよ。この夢の世界が消えてしまってもどうでもいいなぁ、と感じてしまったんです。

あるとき、スケッチブックにいたずら描きしてたんですね。どうしようどうしようって、いろんな男の子を描いていたら、そのうち少年の顔ができてきたんです。そしたらその子がすごく怒っている。「どうしたの?」って訊いたら「ぼくが息子です」って。「でも、息子はこっちにいるんだけど」っていったら「違います、ぼくが息子です」って(笑)。それで「わかった、君は息子だね。どうして今まで出てこなかったの?」って訊いたら「捨てられたから」って。それで、空港で会わせることにしたんです。

萩尾 そんな変更があったとは全然気づきませんでした。

穂村 そのあと、その子に「海老とか蟹が駄目なんですか?」って訊いたら「はい、駄目です」って。最初は、単に美味しいものが食べられない人という設定だったんだけど、それが重要事項としてだんだんクローズアップされてきて――。

穂村 「甲殻類アレルギー」の伏線はかなり早い段階で張られて、それが物語の重要なポイントになっていきますよね。
萩尾　自分でも不思議なところなんですが、物語ができあがる前に重要事項が浮かんでくる感覚があるんです。描いているときは、わからないんですが。
穂村　わあ。萩尾さんの中でタイムスリップが起きているようなものですね。作品が完成した時点から、今描いている自分に「ここに、伏線を入れよ」という指令が来る。
萩尾　そういう感覚ですね。作家仲間に訊いても、けっこうそういうことがあるとおっしゃっていますよ。
穂村　それって、マンガ家の特性ですか。
萩尾　小説家もそうじゃないかと思います。
穂村　そうかなあ。
萩尾　神経が到達する前に目はものを見ているとか、痛みを感じているとか、人間の身体にはそういう変なところがあるでしょう。予感や予知みたいな能力って、みんな潜在的に持っていると思うんです。地震の夢とか見ません？
穂村　僕はないですね。
萩尾　話がずれますけど、あれほど大きな震災があったのに、どうして誰も予感しなかったのかというのが今の私にとって一番の謎です。予言者たちはどこに行ったのか、本当はいるんだけどあえて何もいわないのか、とか。たまにデジャヴみたいな夢を見るでしょう。ユングがいう集合的無意識の中に入り込んでしまったような。

穂村　面白い。萩尾さんにとって、夢って特別なものですか。

萩尾　ええ、夢は不思議なものですよね。誰かもっと本格的に研究してくれないかなあ。

逢ってから、思うこと

萩尾望都さんをはじめとする、いわゆる24年組の作品で育ってきたという気持ちがある。自分にとって萩尾さんは思春期の感受性に決定的な影響を与えられた漫画界の女神なのだ。例えば、『11人いる！』で出会ったフロルベリチェリ・フロル。そのネーミング、そして雌雄両性体である彼／彼女の魅力と存在感は衝撃的だった。時代の遥か先を行っていた。実際にお目にかかって「ほむらさん」と名前を口にされるだけで、心が震えるほど感激してしまって困った。対談の最後では「集合的無意識」について触れられているが、この言葉は先の対談で谷川俊太郎さんや横尾忠則さんも使っていたことに気がついた。創造の秘密に関わるキーワードなのかもしれない。（穂村）

「神様のものさし」を探す

佐藤雅彦
映像作家

さとう・まさひこ

映像作家。1954年生まれ。東京大学教育学部卒業。電通のクリエーティブ局を経て、94年に独立。慶應義塾大学環境情報学部教授を経て、現在、東京藝術大学名誉教授。NHK教育テレビ「ピタゴラスイッチ」や「考えるカラス」「テキシコー」、プレイステーションのゲームソフト『I.Q』の企画制作など、分野を越えた独自の活動を続けている。平成23年度（2011年）芸術選奨受賞。平成25年（13年）紫綬褒章受章。14年、18年 カンヌ国際映画祭短編部門正式招待上映。主な著作に『毎月新聞』『考えの整頓』『新しい分かり方』『解きたくなる数学』など。

イメージを言語化する

佐藤　二年前でしたね。二〇一〇年七月にぼくがディレクションをした〝これも自分と認めざるをえない〟展（21_21 DESIGN SIGHT）で、キュレーターを通じてぜひ穂村さんに登場してほしいとお願いして。

穂村　パソコンのデスクトップの写真を展示させてくださいっていう依頼がきて、作業的にはなにもないんだけど、変なプレッシャーを感じました（笑）。

佐藤「新しい恥ずかしさ」をテーマにしたコーナーへの参加のお願いでした。でもそのときには、直接お目にかかれなくて……。とても残念でした。

穂村　私も残念でした。それで今回はこちらからオファーさせていただきました。

佐藤　あのとき穂村さんにお願いするきっかけになったのがこのノートなんです。ぼくは浮かんだイメージを映像とか記号とか数式として表してきたんですが、普通の言葉で表すことができないかって思っていた時期があって、そんなときに『日本経済新聞』（二〇〇八年十二月）で穂村さんが短歌を評する文章を見つけたんです。

ちゅるちゅると熟柿を食めば舌の先をぬるぬると回る種包むもの
防府　中村清女

――「種包むもの」の名前はわからない。しかし確かに存在する。それが歌によって命を得た。
穂村弘

これを読んだときは失礼ながらまだ穂村さんのお名前を知らなかったんですが、その的確な評の文章にとてもびっくりしたんです。「ここまできちんと言語化できるなんて、すごいなぁ」って思いながら、勉強の意味で毎週書き写しを始めることにしました。

穂村　光栄です。そうやって抜き出されると、なぜか佐藤さん的に見えるのもすごいですね。

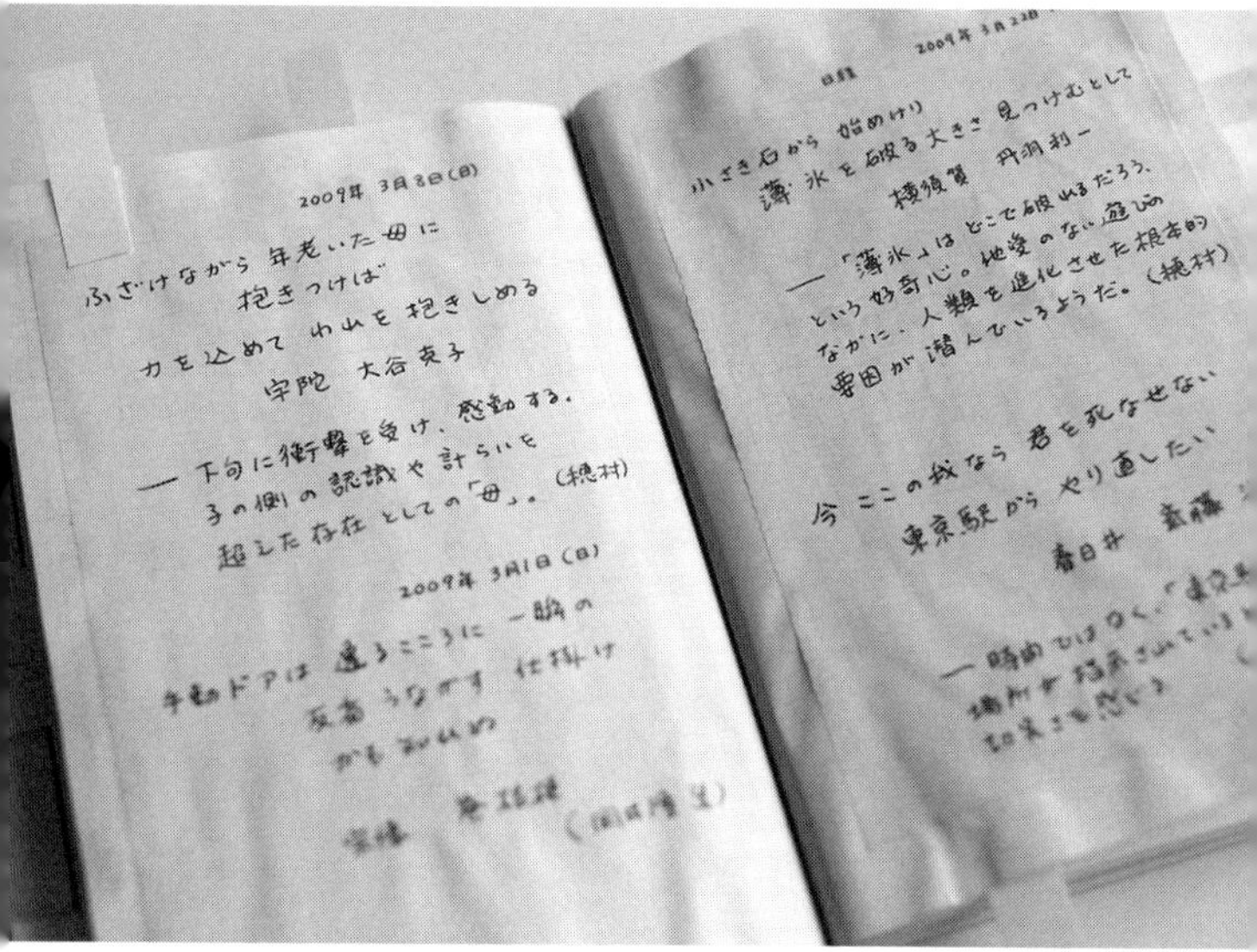

佐藤雅彦のノート。「日本経済新聞」の日曜版に毎週掲載されていた（現在は土曜日）穂村弘の文章が自筆で転記されている。

構造を発見するセンサー

穂村　佐藤さんの文章ってすごく具体的で論理的で、そのつど説得力をもっているんだけど、そもそも何に対してその特殊なセンサーが発動しているのかわからなくて気になっていました。

ぼくは短歌を自分でも書くんですけど、人が書いた短歌を読むのも好きなんです。その理由って人のセンサーへの関心だと思うんですよ。新聞歌壇の評では、歌の中では言語化されていないんだけど、その歌を書いた人のセンサーが感じ取っていることを明らかにしようとしています。そういうことを佐藤さんも『やまだ眼《がん》』（毎日新聞社）という本の中でやってますよね。

佐藤　お笑いコンビ「いつもここから」の山田一成《かずなり》さんと一緒に著した本ですね。山田さんは独特の着眼点をもっていて、そのセンサーに関心をもったぼくが解説を付けたらひとつの読み物になるんじゃないかと思って。

穂村　おもしろいと思ったのは、たとえば、

「パトカーがクラウンだった。」

社会記号としてはパトカーだけれど、車種レベルではクラウン――。たしかにそうなんだけど、ふだんパトカーを見てもクラウンだと認識することはないですよね。それをあらためて言われると、世界の皮が一枚めくられるような奇妙な快感がある。そういうのが次々に出てきますね。

この本に限りませんが、佐藤さんには認識のレベルが覆ったり上がったりする快感への執着みたいなものがあるんじゃないかって思っていました。

佐藤　そうですね。新しい表現によって読者や視聴者に新しい枠組みを導入して、そのときに起こるであろう一種の快感を期待しているところがあります。その快感って、別の言い方をすれば、生きている意味のような気がします。

穂村　言葉への関心って、どんなところにあるんですか？

佐藤　実は、言葉は意味より「音」に関心がありますね。映像はすべて「音」から作っています。たとえばかつての「スコーン」や「モルツ」のCMは言葉というか「音」が先にあって、それが時間軸にもなっています。「バザールでござーる」は、その「音」が浮かんだとき、ビジュアルは子ザルって自然に決まりました。音としての言葉を核として物事が進んでいくような感覚ですね。「音」がないとへなへなな感じで全然だめなんです。

穂村　言葉に対するフェティッシュな感覚ってありますか？

佐藤　やはり、それも言葉というより「音」に引っかかりを持つようです。昔、ニューヨークにロケに行ったとき、「打ち上げでCBGBに行きませんか」って、あるナイトクラブに誘われたんですが、そのCBGBという音の響きに来てしまいまし
い、い、い、
た。結局、その音だけを聞いて満足してそのお店には行きませんでした。そのとき、その言葉の構造であるABA′B′というものに気づき、これが快感の素だと思いました。「キットカット」や「ぐりとぐら」も同じ構造ですよね。

穂村　たしかに同じですね。

佐藤　あと、自分が好きな言葉はなんだろうって考えていたとき、ダースベーダー、ゲーデル、ゴディバっていうのが出てきて濁音がいいとわかって「濁音時代」という言葉を生む方法論を作りました。「だんご3兄弟」はそれで作っていて、「バザールでござーる」は、濁音時代とABA′B′を混ぜてますね。

穂村　『毎月新聞』（毎日新聞社）の中では子どもの頃の体験をお書きになっていますよね。「日常のクラクラ構造」という話で、クレンザーの箱にクレンザーの箱をもった女性の絵が描かれていて、その箱にまたクレンザーの箱をもった女性の絵が描かれている、という。そこにどんな価値を感じるんですか？

佐藤　子どもの頃はもちろん「リカーシブ・コール（再帰的呼び出し）」っていう概念を知りませんでしたから、「こんなふうにどこまでも続く状態って何なんだ」っていうことから入っていって、そこに新しい構造を発見してクラクラしていたんです。

穂村　実は、ぼくも同じような現象を短歌にしたことがあるんです。

エレベーターガール専用エレベーターガール専用エレベーターガール

つまり、エレベーターガールしか乗れないエレベーターがあって、そこにはより上質なエレベーターガールがいて……ということです。どれだけ素晴らしいエレベーターガールなんだろうっていう好奇心ですよね（笑）。どこまでも煮詰めていった果てにいるエレベーターガールってボタンを軽く押しただけで全員を満足させてしまうくらいすごいんだろうかっていうことが通俗的な意味としてありつつ、同時に高いレベルもある。けれど、その不思議さの全貌というか意味がぼくには分からない（笑）。

そこで佐藤さんのようなセンサーが武器になると思うんです。そのセンサーがあれば、これまでに誰も見つけられなかったものを見つけられるんじゃないかと期待してしまう。そういう感覚で佐藤さんの表現を見ている人って多いと思うんです。

穂村　インスピレーションというか、イメージが降りてきて、それが表現につながることもあるんですか？

佐藤　二十代のとき、ルービックキューブを初めて手にして、いじっている瞬間に解き方が図になって現れたんです。それが見えた瞬間からいろんな映像がわいてくるようになりました。プレイステーションのゲームソフト「I.Q（インテリジェント・キューブ）」のイメージが現れたときもそうですね。自宅で窓下の風景を眺めていたら、いきなりイメージが見えたんです。

穂村　いきなりビジュアルで？

佐藤　はい、とても具体的な映像でした。無機質なキューブでできた平面の上を七人の人と一匹の犬が動いていて、むこうから巨大なキューブがやってくる。それで

「あぁ、つぶされる、右に行け」って言っているんですよ。そのとき自分が作ったことのない世界観だと思ったんですね。

穂村　そのイメージがゲームになるっていうのは自明だったんですか？

佐藤　イメージの出口を見つけるのは苦労しました。じっと考えていたら、自分が作ったことのないインタラクティブなものだって気づいたんです。それで、プレイステーションを発売しているソニー・コンピュータエンタテインメントにのこのこ行って提案しました。

穂村　自信があったんですか？

佐藤　ありませんでしたよ。ソニーで作れることになっても、最初うまくいかなかったんです。「佐藤さんのイメージは、うちの技術をもってすれば三カ月でできる」って言われていて、たしかに三カ月後には「この世界観が欲しかった」っていうところまで来たんです。だけど、みんなしらっとしていて。

穂村　どうしてですか？

佐藤　ぼくにもわからなくて、新入社員の男子に訊いたんです。「こんなにすごい世界観を作っているのに、なんでみんなつまんなそうなの？」って。そしたら「あのう……ゲーム性がないっていうか……」って言うんですよ。ガーンってきました。ゲー

ムにはゲーム性が必要だって、そのとき気づいたんです。遅すぎですよね(笑)。ぼくが作っていたのは世界観だけ。ストーリーがない映画みたいなものですよね。そこで自分が間違っていることに気づいて、翌年までかかってルールを作りました。

穂村　受けとったビジョンがあまりにも強烈で、それに魅せられてしまう人って、何かが足りないって言われても、「いや、すべてがある」って考えてしまうことが多いと思うんです。だから、社会的な改良の必要性を受け入れられないんじゃないかな。そうなると「伝え方を考える」プロセスを忌避してしまって、なかなか佐藤さんのようには表現までのさまざまなハードルを乗り越えられないですよね。

佐藤　もがいていましたね。苦しかった。ぼくのI．Qノートは異様ですよ。今見ても魂が入っている感じがする。あのイメージを世の中にCD－ROMにして届けたかったんですね。

穂村　以前、すごい短歌を作る人と熱海駅の構内を歩いていたとき、突然その人が「この駅ほんもの?・」ってぼくに訊いたんですよ。そのとき強烈な衝撃を受けたんですが、同時に、このビジョンを社会的に機能させてお金にするまでに無限のハードルがあるだろうって感じ取れてしまって……。

佐藤　そのビジョン、クラクラするくらいすごいですね。

I.Qノート

穂村　その人がすごいセンサーをもっていて、何かをキャッチしているのは事実だと思うんですが、そのままでは映画監督にはなれないというか、普通はそこまで具体化できないですよね。ぼくにはそういう憧れがあって、なぜそこにあるビジョンをうまく伝えられないんだっていう焦燥感があるんです。でも、佐藤さんにはそれができますよね。

佐藤　そんなにできているとは思えませんが、ただ「伝え方を考える」ことが、そもそも好きっていうことはあります。ぼくは、あることがみんなにうまく伝わって、全員がそのことをわかっている状態が好きなんです。

穂村　伝えるべきかどうかの選別というか、あるビジョンやモチーフに価値があるかどうかはどうしてわかるんですか？

佐藤　誤解を恐れずに言いますと、その人を変えられるかどうか、つまり教育的かどうかという点です。新しい世界観や新しい構造などを考えつきたいと思うのは、それを作れば「伝えるべき価値」が生まれたことになるからです。

穂村　そういうことが感覚的にわかってしまうんですね。

神様が降りてくるとき

穂村　たとえば、将棋って二人でやるゲームですけど、自分と相手だけじゃなくて、その対局を見ている神様がいるっていう感覚があると思うんです。そういう二重性があるから、相手に勝つことが最重要なのか、将棋の神様に近づくことが最重要なのかっていうところで将棋指しの体質が分かれるような気がしています。

それと同じようなことが、短歌にもある。五七五七七という枠にはまる究極の一首があるはずだっていう感覚です。その一首を書けたときに拍手の音が聞こえてきて空が割れて「ついにその歌を書いたんだね」って神様が降りてくるようなイメージですよね。歌人の間ではその感覚はわりと共有されているようで、「千数百年の歴史の中で究極の一首に近づいたのはこの五人くらい」っていうことがなんとなく共有されている。佐藤さんには、そういう感覚ってありますか？

佐藤　その感覚はとてもわかります。「音」を見つけるときでも、デザイン、たとえば文字の幅を探るときでも、最終的にはコレってわかりますね。それは、誰よりもいいデザインをしたいとか、誰々にうける音楽を作りたいとかとはまったく違って、この世の中に相手があることではないんです。そういう世の中の文脈とは違うところなんだけど、「これでなくちゃいけない」っていうのがあって、それでぴったりと決まるんです。

穂村　なぜ決まるんですか？

佐藤　なんで決まるんだろうな、この文字間がいいとか……。「かっこいい」を計るものさしがあって、それがピッタリはまる感覚なんですよ。自分のものさしでもなく、誰かのものさしともちょっと違うもので、こういう言い方をすると神様に失礼かもしれませんけど「神様のものさし」みたいなものが見えたときにピッタリはまるんです。それを探っていますね、ずっと。

逢ってから、思うこと

佐藤雅彦さんはこれまでに会った誰とも違う、不思議な透明感に包まれた方だった。対談の中で「ぼくは浮かんだイメージを映像とか記号とか数式として表してきたんですが、普通の言葉で表すことができないかって思っていた時期があって」と発言されているように、他の方々が詩やイラストレーションや絵画や写真や漫画や音楽といった表現の専門家であるのに対して、佐藤さんには思考そのものの専門家といった印象がある。その突き抜けた明晰さはどこか人間離れしていて、一緒にお話ししているだけで、なんだか自分まで賢くなったような幸福感を覚えた。でも、対談が終わって一人に戻ると、視界に霧がかかったようにまた世界は見えなくなってしまった。（穂村）

創作と自意識

高野文子

漫画家

たかの・ふみこ
漫画家。1957年生まれ。79年に「絶対安全剃刀」で漫画家デビュー。主な著作に『るきさん』『棒がいっぽん』(「奥村さんのお茄子」を収録)『黄色い本』がある。2014年に発表した『ドミトリーともきんす』は戦後日本を代表する科学者4人が残した詩や随筆を漫画の手法で紹介する風変わりな一冊となった。

天の声が

穂村　以前の対談で、萩尾望都さんに「萩尾さん以降の同業者ですごい人は誰ですか」って訊いたら「高野文子さん」と即答されていて――。

高野　ほんとうですか？

穂村　はい。なんだかすごくうれしくて。

高野　うれしいけれど、重い責任ですね。

穂村　高野さんは「萩尾さんが憧れだった」ってインタビューでおっしゃっていましたけど、どんなところに憧れたんですか？

高野　「天の声」みたいな感じがしたんです。一六歳のとき。

穂村　いわゆる24年組にはすごいマンガ家さんがたくさんいますけど、とりわけ萩尾さんなんですか？

高野　そうです。まだマンガ家になりたいなんて考えてなかったころ、ずっと上の方から「こっちに来なさいよ」って言ってくれたんです。

穂村　それは「描け」ってことですか？

高野　そう。そんな気がする。
穂村　天の声が「読め」じゃなくて「描け」っていうところがおもしろいですね（笑）。
高野　たしかに「描け」って聞こえましたよ。
穂村　それは萩尾さんの、どのころの作品ですか。
高野　『トーマの心臓』はまだ発表されてなくて、短編「11月のギムナジウム」が雑誌に載ったころだったと思います。
穂村　あの時代に、すでに萩尾さんの特別な存在感に気づいていたんですか。
高野　「この人は、きっとわたしに手紙をくれたんだ」って思ってました。萩尾さんの作品が載っていた『別冊少女コミック』をクラスで回覧するのですが、萩尾さんのページはみんなが素通りしてました。わたしだけが、これはすごいと興奮してたんです。わたしだけに手紙が届いたって感じてました。
穂村　萩尾さんの作品にはヨーロッパへの憧れがあったと思うんですが、高野さんにもそういう感覚はありましたか？
高野　萩尾さんの描いたヨーロッパに憧れてました。今でもそう。四年前にイギリスを旅行したんですが、行く先々が萩尾望都で、自分でも驚きました。あっ、ここエドガーが歩いた石畳だわ、グレンスミスの橋だわ、なんて。

穂村　それは、相当きてますね。

高野　そうやってロンドンを歩きました。

穂村　はじめて高野さんの『絶対安全剃刀』を読んだとき、萩尾さんよりも岡田史子《ふみこ》さんに近いようなイメージをもったのを覚えています。単純な表面上の印象ですけど、作品ごとに絵柄を変えるところとか。岡田史子さんはお好きでしたか？

高野　もちろん。しかし、その岡田さんの作品も萩尾さんのエッセイのなかで知ったものです。わたしは萩尾望都さんに「こっちへいらっしゃい」と言われて、この仕事をはじめたのですが、長年描いていくうちに、だんだん萩尾さんとは違う道を行くようになったと思います。ロンドンではなく、いつも日本だという点では、もしかすると樹村《きむら》みのりさんに近いんじゃないかな。

穂村　萩尾さんと樹村みのりさんは、同世代ですね。

高野　一九歳のときに樹村みのりさんの作品を読んでいます。でも、描き方の手本にしようとまでは思ってなかったんです。ところが、四〇歳になったころだったかな、ずいぶんあとになって、樹村みのりさんはどういう気持ちで机に向かっていたのかなって読み直したことがありました。

一コマ一コマの強さ

穂村　たとえば、カメラで撮影すれば、風で飛ばされてゆくオブラート越しに景色が見えたり、オブラート同士が重なってるところは景色が鈍く見えたりするんだろうけど、我々の肉眼では知覚できませんよね。そういった人間が知覚できないような一瞬を見せるコマが、高野さんのマンガのなかにはいっぱいある。

高野　うん。絵って、そういうものですからね。

穂村　ぼくはそれを「一瞬のかけがえのなさ」の表現としてとらえて読んでるんですけど。

高野　それほど考えて描いてませんよ。

穂村　高野さんの作品の話になると、読者はコマ単位で好きなところを語りますよね。

高野　ええ、そうみたいですね。

穂村　読者は、自分にピンときたコマを強く記憶して、「自分はこんなコマを見つけた。ここが高野文子のすごいところなんだ」みたいなことを言う。

高野　読者は、自分宛ての手紙だと思うのかな。

穂村　ええ。でも、それは読者がすべてのコマに反応できるようなセンサーをもっていないからなんじゃないかとも思うんです。高野さんの作品からは、すごい厳密さが感じられる。すべてのコマに注力して描かれていますよね。だから、言う気になれば、すべてのコマについてなにか言えてしまうんじゃないか。そう思ったとき、ぼくは、「ぼく以上の者への手紙」だと思って戸惑いました。もっと調子のいいときに、ゆっくり慎重に読むべきだった……って。

高野　そうでしたか（笑）。

穂村　それと、通常のマンガが従っている暗黙のルールとまったく違うものがありますよね。たとえば、「一コマをこれくらいのスピードで読むと誰が決めたんだ。その読み方を変えろ」と言われるような気がすることがあるんです。そう言われて、自分が従っていたルールを捨ててるんですが、同時に、なんだか作品から攻撃されているような感じもして……。

高野　攻撃してたんですよ。マンガは、攻撃しなきゃだめだと思ってやってたんです。

穂村　気のせいじゃなくて、やっぱり攻撃されてたんだ（笑）。

高野　よし、どこから斬りつけてやろうか、って考えて描いてたんですから（笑）。

穂村　どうして攻撃的だったんですか？

高野　やっぱりね、マンガは戦だと思っていたところがあるんですよ。でも、もう攻撃はやめたんです。『ドミトリーともきんす』はとっても平和なんですよ。

描く対象

穂村　『ドミトリーともきんす』のゲラ、読ませていただきました。とてもおもしろかったです。

高野　よかった。この対談が掲載されるころには、本屋さんに並んでいるはずです。

穂村　すごい頭脳が集まったドミトリーですよね。登場する科学者たちって、実年齢も近いんですか？

高野　植物学の牧野富太郎だけ少し離れているんですけど、あとの三人は同じ世代です。物理学の湯川秀樹と朝永振一郎は一歳違いですが、大学で同期。中谷宇吉郎は、二人よりちょっと上ですね。

穂村　最初から、この四人って決まっていたんですか。
高野　他にも候補はいたんです。数学者の岡潔と小平邦彦、それと昆虫学の日高敏隆とか。
穂村　どうやって選んだんですか。
高野　若いときのイメージが思い浮かぶ人に限定したら、こうなりました。伝記ではなく、彼らが自分で書いた文章を基本にしています。
穂村　彼らの作中での口調がなんともよかった。あれは再現されてるんですか。
高野　そうです。マキノ君の「ごめんそうらえ」は随筆から引いています。
穂村　このファッションも、彼らの時代のものですか？
高野　はい。写真を参考にしています。
穂村　ユカワ君が階段から落ちた子どもを心配するシーンがありましたが、実際の彼の性格もそんな感じなんですか？
高野　最初、湯川秀樹のイメージはすごく頭のいい人ということだけで、おろおろしたりしないんじゃないかと思ってたんです。でも、彼の本を読んでみると、しょんぼりしたり汗かいたりしてることがわかって、優しい人なんだと思ったら、自然とそういうシーンが浮かびました。

穂村　作品のなかで、科学者たちの文章が引用されていますが、どれも素晴らしいですね。
高野　文系の人が読んでも、いいと思える文章を選んだつもりです。
穂村　この人たちのポエティックなところが出ていると思いました。「自然は曲線を創り、人間は直線を創る」なんていいなあ。
高野　湯川の言葉ですね。
穂村　理系のアプローチだから照れずにまっすぐ言えることってありますよね。たとえば「世界を愛している」とか「このかけがえのない一瞬」とかって、文系のアプローチだと言いにくいけど、観察対象を通した結果、この世界にはそういうものがあるとわかったという態度で語られているから、読んでいて気持ちがいい。ところで、どうしてこのドミトリーに住んでいるのは、科学者ばかりなんですか？
高野　この学生寮は、科学者しか入居できないんですよ。「文学者禁」なんです。
穂村　どうしてですか？
高野　不思議なんですけど、そうなってしまったんです。
穂村　前作の『黄色い本』は七年振りの刊行で、今回は前作から数えて一二年振りの新刊ですね。ある時期までは「もっと出してよ」と思ってたけど。数年前に、『こどものとも』で「しきぶとんさん　かけぶとんさん　まくらさん」が出たとき、すごくうれしくて、あの絵本を担当した編集者に偶然出会った際、「ありがとうございました」って感謝を伝えました。世の中にはたくさんの編集者がいるのに、どうして高野さんに描いてもらわないんだろうって思ってたから。

高野　『黄色い本』のあと、もうマンガはムリって思ってた時期があるんです。

穂村　どうしてですか。

高野　丸を描いて目鼻をつけると、わたしの声でしゃべりだすという超常現象が起きたんですよ。

穂村　ええっ、そんなことがあるんですか。

高野　描き過ぎたんですかね。どんな顔を描いても自分の顔に見えてしまうんです。風景画や似顔絵なら描けるので、じゃあ、他人を主人公にしたマンガならいけるかもしれないと思って――。湯川秀樹とか朝永振一郎っていう実在した他人を描くことにしたんです。

穂村　だから、寮母のとも子さんもこんな不思議な顔をしてるのか。

高野　ほとんど点目で、性格とかそういうものは描きませんでした。動き方もそう。決まりきった動きしかしないんです。そのせいで、実在した科学者のほうがマンガらしい絵になっちゃったんですよ（笑）。

穂村　昔の手塚治虫風ですね。

創作と自意識

高野　わたしは、マンガも詩も小説も、自分のことを語るものだと思ってたんです。自分の気持ちをそのまま字や絵にする。十代のころからずっとそう思ってやってきたんですけど、自分のことを誰かに聞いてもらうのはもういいかなって思っちゃったんです。描いても描いても解決しないということに、ようやく気がついて……。

穂村　なんだか意外ですね。初期作品から「わたしのことを聞いてほしい」という感じは希薄だったと思うんですが。

高野　え、そうですか？

穂村　たとえば、どんな作品が高野さんのことを聞いてほしいと……。

高野　ずっとそればっかりやってきたような気がするんです。

穂村　最初のモチーフに、それほど自意識がかかわっているとは思ってなかったので驚きます。高野さんは、ご自身で「テーマ主義」とおっしゃっていましたよね。そのテーマっていうのは、モラルみたいなものかと漠然と思ってました。そのモラルに照らしたときに見えてくる現代の日本が嫌いなんだろうなって——。

高野　いやいや、現代大好きっすよ（笑）。

穂村　そうなんですか。

高野　はい。やっぱり現代ですよ。

穂村　てっきり、憎んでるのかと思ってました（笑）。反バブル的な『るきさん』とか。

高野　現代が大好きですよ。昔がそんなによかったわけないし。

穂村　でも、高野さんの作品を読んだら、昔は素敵だなって読者は思うんじゃないかな。大正初期はときめくなとか、昭和四十年代の夫婦は美しいなとか、百貨店に夢があった時代はうらやましいなとか。

高野　そういうつもりで描いてるわけじゃないんだけどなぁ。

今日、穂村さんにお訊きしたいと思っていたことがあるんです。六、七年前だと思

うんですが、詩人の伊藤比呂美さんが「もう近代以降の人が書いたものは読めなくなっちゃいました」ってテレビで話していらしたんです。
穂村　先日、雑誌『すばる』の対談で伊藤さんとお会いしたとき、ぼくもその話を聞きました。
高野「わたしはね、わたしはね」って長いこと物書きを続けてきたのに、あるときから作者の自意識とか自我が透けて見えるようなものが読めなくなってしまったらしいんですね。それが、今のわたしに近い気がしていて……。穂村さん、それってなぜだと思います？　歳をとってきたから、そう感じるようになったのかな。わたしより少し若い世代の穂村さんは、そんなふうに思うことってありません？
穂村　うーん、ひとつだけ確かなことは、そう言われるとなんとなく引け目を感じるっていうことですね。自意識とか自我とか、そういうものに今のぼくはこだわりがある。だから、「それがなんぼのものなんだ」って問われると……。
高野　ふむふむ。
穂村　現代に生活しているぼくたちってフラットですよね。同じような環境で生まれ、同じような教育を受け、同じような給食を食べ、同じようなコンビニに行って……、そうやって成長してきたから逆に自我を強く意識してしまうんだと思うんです。

高野　ああ、そうだったのか。

穂村　だから、それをあっさりと否定されると、圧倒される。というか、困ってしまいますよね……。「いや、ぼくにはまだこだわりあるんです」と正直に言いたいところもある。でも、「そのこだわりってなに？」って訊かれたら、そのあとは口に出しにくい。

高野　ふーむ。

穂村　だって、「もっといいものと思われたい」とか「素敵と思われたい」とか、やっぱりそういうことになっちゃうから……。

高野　思うわよね。わたしが歳をとったので、そんなことを思うようになったのかもね。でも、それでもいいか。

穂村　その感覚は最新作のドミトリーが「文学者禁」っていうこととも関係してるんですね。

高野　そうなんです。今は文学よりも自然科学のほうがいい。涼しい風が入ってくるようになりました。自分から離れるのは、すごく気持ちがいい。心の奥の暗い泉ばかり見ていても解決しないことが多いですよね。そう思っていたとき、湯川秀樹が「遠くの広いところへ行ってみてください」って言ってくれたんです。

逢ってから、思うこと

　高野文子さんの新刊が出るたびに緊張した。なんというか、作品を読むことが読者にとってのひとつの試練というか、挑戦というか、戦いになることがわかっているからだ。そこにはいつも私の感受性で受けとめられる以上のことが描かれているのだ。自分は今、とんでもない傑作を、ぜんぜん受けとめ切れないまま、その価値をざあざあこぼしながら読んでいる、という焦りを覚えた。だが、初めから何十回も読み返すことがわかっているような永遠的な作品に触れる至福。それは他では味わえない特別な読書体験だ。今回、御本人から「攻撃してたんですよ。マンガは、攻撃しなきゃだめだと思ってやってたんです」という言葉を聞けて逆に安心した。（穂村）

ロックンロールというなにか

甲本ヒロト

ミュージシャン

こうもと・ひろと
ミュージシャン。1963年生まれ。85年に真島昌利らとTHE BLUE HEARTSを結成し、87年に「リンダリンダ」でメジャーデビュー（95年解散）。95年にTHE HIGH-LOWSを結成し、「日曜日よりの使者」などを発表（2005年活動休止）。06年に「真夏のストレート／天国うまれ」でソロデビュー。同年、ザ・クロマニヨンズでバンド活動を再開。

自由になれた

穂村　日比谷野音ライブのビデオで、「リンダリンダ」をはじめて聴いて、それからずっとファンなんです。あまりに衝撃的で。バブル真っ只中の、あのころのぼくはモヤモヤと苦しい感じだったんですけど、坊主頭のヒロトさんが歌うあの曲を聴いたとき、熱くて柔らかい気持ちになって涙が出たんです。これで自分はずっと自由なんだって思えて。

甲本　おお、それはうれしい。

穂村　だけど、次の日、会社に向かう電車のなかでまわりの人々の無表情な顔を見ていたら、また気持ちが固くなって、縛られる感じに戻っちゃって……。ヒロトさんの歌声を聴いているあいだは、自由な気持ちになれるんだけど、自分一人では、それを維持できなかったんです。

穂村　いきなり一番訊いてみたかった質問ですが、ヒロトさんご自身は、いつも熱くて柔らかくて自由な気持ちを保っていられるんですか？

甲本　あんま考えたことないなあ。考えたことないっていうのは、幸せなことですよね。少なくともいえるのは、ぼくがロックンロールにはじめて出会った中学一年の春の体験も、同じような感じだったと思う。言葉でうまく言えないけど、自由というか、幸福感、興奮……、ヘレン・ケラーがwaterを知った瞬間。ぼくはヘレン・ケラーじゃないからわからないけれども、想像するに、その瞬間にあった気持ちよさに近いんじゃないかな。

穂村　waterというひとつの単語に気づいただけではなくて、その瞬間すべてに気づいたわけですよね。世界、というか。

甲本　ここに世界があって自分が生きている、っていうこと。

穂村　ヒロトさんも、ロックンロールに出会って世界が違って見えるようになったんですか？

甲本　世の中がテーマパークみたいに見えてきて、おもしろがろう、おもしろがろうと思って見てたよ。

穂村　ロックンロールに出会う前の自分には、戻らなかった？

甲本　んー……もちろん、今でも前の自分はいます。怠け者で、物事とまっすぐ向かい合えないような自分。ものすごく邪魔なんだけど。

穂村　ステージ上のヒロトはすごく輝いてるけど、そうじゃないヒロトさんもいるってことですか？

甲本　ずーっといます、あの頃のぼくは。そいつを殺そうとしていると思う。ロックンロールに出会ってからの自分だけでいいと思ってるんです。

穂村　ロックンロールに出会うまでは、楽しくなかったんですか？

甲本　どうだったかなぁ。でも、自分が特別に無気力な子だったとは思いません。将来やりたいこととか、なりたいものがちゃんと決まってる子も稀にいますけど、普通は、やりたいことなんかないし、なりたいものなんてわかんない。学校の勉強が興奮するほどおもしろいなんてこともない。ぼくは平均的な子どもだったと思います。

穂村　楽器をはじめたのは、中学生のころですか？

甲本　楽器ははじめなかったですね。ロックンロールと出会って、コピーバンドをや

りたいと思ったわけじゃないんです。自分のバンドで、世界にはじめて鳴らすようなロックンロールをやってみたいと思ってたんです。だって、それまでと同じようなものなら聴いてればいいんだもん。

穂村　でも、聴けば聴くほど、世界に隙間がないと思いませんか？

甲本　そうなんです。で、ぼくは自分のやり方で、誰も歌ったことのない歌い方でやってみたいというのが、最初の衝動で。自分なりのを好き勝手やりゃいいんだ、ってパンクロックから感じたんです。

それで親に言ったんです。「中学校を卒業したらバンドマンになる。東京に出て、ぼくみたいな仲間がいるかもしれないから、一緒にバンドやるんだ」って。でも、それは理解してもらえないですよね。「楽器は弾けるのか」って訊くから、「いや、弾いたことねえよ」って。音楽には興味なかったんです。ロックンロールに興味があったんですよ。

穂村　そのロックンロールってなんですか？

甲本　ぼくのなかでは、ロックンロールは音楽のスタイルではなくて「ロックンロールというなにか」なんですよ。ぼくはたまたま音楽という形態のロックンロールに触れて、今みたいなことをやっているけど――。中学を卒業するころは、とにかくなんでもいいからロックンロールをやるんだ、って思っていたんです。そうやって、自分のなかでもビジョンがはっきりしてないことを親にぶつけてた。だから、親が反対するのは当たり前で、「とりあえず高校に行きなさい」と説得されて高校行ったんです。そんなこんなだから、楽器を持ってコード覚えるなんていう気にはならなかったんですよね。

穂村　歌も？

甲本　歌わなかったです。

穂村　最初に表現する側にまわったとき、なにをしたんですか？

甲本　それは高校三年生のとき。コピーバンドがいっぱいあったんですけど、ぼくのやりたいことじゃないと思って、ずっと遠巻きに見てたんです。高校三年の夏休みに、同じ学校にいた奴が「うちのバンドのボーカルが受験でバンドやめたから、ボーカルがいないんだよ。ヒロトはたしかロック好きだよね？」って声かけてきて。「ロック好きだよ」って答えたら、「バンドやってないんだろう？　うちのバンドでちょっと歌ってくれないかな？」って誘われて、夏休みで暇だったし、「歌ってもいいけど、オリジナルでやるよ」って（笑）。

穂村　でも、それまでに一回も歌ったことがないんですよね？

甲本　ないない。曲も作ったことない（笑）。だけど「オリジナルしかやらないよ」って。それでオリジナル作って、自主コンサートやったんです。ラウンド・アバウトっていうバンドで。
穂村　最初から曲が作れたんですか？
甲本　でたらめですよ。楽器も持ったことないし、コードも知らないし。
穂村　そのころの歌い方とかアクションは、どんな感じだったんですか？
甲本　とりあえずフルチンでした（笑）。
穂村　最初から？
甲本　最初からではないね。途中で脱いじゃったんです。でも、なんでそうなったんだろうねぇ（笑）。きっと、モテたくてバンドやってるって思われたくなかったんですよ。それが嫌だったのは覚えてます。
穂村　脱いでしまえば、その誤解は解けますよね（笑）。
甲本　そんな気持ちでやってんじゃねえんだ！　っていうテンションですよ。
穂村　反響はどうだったんですか？
甲本　お客さんには引かれたんじゃないですか？　ははは（笑）。ざまあみろって感じですよね。

穂村　はじめて歌うときって、褒められたり、すごいって思われたりしたいんじゃないですか？

甲本　もうよく覚えてないな。でも、すごく興奮してた。わかりやすく言うとね、引きこもりがちで静かだった子が、突然家で大暴れするような感じですよ。親に暴言はいたり、やかん投げたりして大暴れするような。

穂村　それをステージ上でやったのか。見てみたかったな、最初のステージ。

甲本　今でも同じようなもんです。

穂村　今と同じなら、きっとみんな熱狂すると思いますよ。

甲本　そういえば、熱狂した奴もいましたね。山川のりをっていう、いまでもギターパンダってバンドで活動してる奴なんですけどね。ぼくが東京に出てきてからだったけど、「あのステージを見てから、ずっと一緒にバンドをやりたかった」って言ってくれて、そいつ高校辞めて岡山から出てきたんです。

穂村　やっぱりすごかったんじゃないですか。

甲本　まあ、うれしかったよね。

穂村　一緒にバンドをやったんですか？

甲本　うん。コーツっていうバンドで活動して、それをマーシー（真島昌利）が見てくれて、ブルーハーツに繋がるんです。

ずっとカッコいい理由

穂村　ご自身の才能についてはどうですか？　同じころロックンロールに出会った人は、全国にたくさんいたはずですよね。でも、みんながヒロトさんのようになれたわけじゃない。

甲本　そもそも、ぼくのようになるというのはおかしいですよね……。みんなそれぞれ自分のようになるんです。ぼくは、目指すスタイルがあったわけじゃないんですよ。ただ肌感覚で幸せを感じていられれば、それでいいと思ってます。

穂村　そういう気持ちは変わらないですか？

甲本　うん。はっきりわかるのは、ロックのレコードを近所迷惑っていうくらいの爆音で聴くときの快感は何物にも代えがたい。中学生のころも、いまも同じように、ぼ

くは聴く人なんです。それで、なんで今みたいなことをやってるかというと、一九七七年にパンクロックに出会って、自分でもやりたいと思って、今度はなにがあるかというと、演奏することで喜びや感動をもらえるんです。楽しいんです。で、そうやって楽しんでるぼくを見て、おもしろがってくれる人がいるっていうだけのことで……なんつうか、ぼくはぼくのようになれたっていうような、そんな偉そうなものじゃないんです。

穂村　「変わらないものはない」って繰り返し歌われてますけど、ヒロトさん自身は変わってない感じもします。

甲本　変わり続けるということは、変わってないです。変わらないっていうのは固定してるってことではないですよ。走ってる人は走り続けることが変わらないことだし、飛んでる人は飛び続けることが変わらないっていうこと。活動としての変わらなさ、それは自分発信じゃなくて、受け身っていう部分なんです。やっぱりね、ぼくはロックンロールに走らされてると思うんです。

穂村　怠けてちゃいけないっていう感じがあるんですか？

甲本　ロックンロールで興奮すると、能動的になるんですよね。もう一つは仲間がいること。

穂村　それでも、なぜバンドは解散するんですか。

甲本　それは成り行きなんですね。

穂村　ブルーハーツの解散も、ハイロウズの解散も、ショックでした。

甲本　ブルーハーツのときは、十年続けてちょっと飽きてきてたんですよね。でも、ロックンロールに飽きてたわけじゃないんです。ブルーハーツというバンドの仲間がよくないかといったら、よくないわけがない。そのままでもいい。でも、あるとき「いま解散したら、もったいない」って思ったんですよ。その瞬間に「やめなきゃだめだ」って思った。

穂村　もったいないって思ったから？

甲本　そんな理由でやってるバンドのライブなんて行きたくないと思ったんです。生活における「もったいない」は美徳だと思う。だけど、人生に「もったいない」という価値はいらないんです。それは人生をクソにする。

穂村　でも、歳をとって、そういう感覚が強まってる気がすることってないですか。ぼくはあるんです。若いころ、なにもなかったときは平気だったのに……っていう感覚。ヒロトさんは、歳をとって考え方や感じ方は変わってきましたか？

甲本　頑固になったと思う。若い頃からずっと頑固だったんですけど、いろんなことを許容できてたと思うんです。だけど、いまは、これはいいやっていうものを切り捨てちゃってる。そうやって選択しているうちに、棒倒しの砂を取るように、頑固な部分が見えてきてしまったんだと思います。

穂村　物事の優先度というか、必要なものとそうでないものが、だんだんくっきりしてくる。

甲本　若い頃はこれもいいかも、あれもいいかも、って思ってたけど、そうじゃなくなってきているんですよね。

穂村　そういう感覚はあるんですね。

甲本　うん。でもね、ときどきおもしろそうだなっていうものに取り憑かれたように熱中して、半年間ぐらいやってみることもある。そんで納得してやめたりしてね。そういうことを繰り返してます。

穂村　自分にとって決定的なジャンルや表現に出会っても、繰り返すことや歳をとることで、飽きたり慣れたりして、テンションが落ちてくることもあり得ると思うんです。それってヒロトさんにはないですか？

甲本　自分では気づいてないですね。

穂村　まったく飽きない？

甲本　そうですね、ロックンロールに関しては。さっきも言ったけど、ぼくは今でも聴く人なんです。週末の磯釣りを楽しみにしてるおじさんとか、ゴルフが楽しくてしょうがないサラリーマンのおっさんっているでしょ。それと同じです。
穂村　今でもファンの部分がすごくあるから、テンションが落ちないのかなあ。
甲本　そうかもしれませんね。ほぼファンです。お客さんのためにぼくはこんなものをこれだけ見せられるんだ、って胸を張って言えるものはないです。そんなのプロじゃないっていうなら、プロじゃないです。お客さんがつまんない、もう来ないと思うなら、もう来なくていいです。それなら、ぼくラーメン屋でバイトするから（笑）。ぼくは、趣味でレコードが聴けてればいいんですよ。
穂村　それにしては、ものすごく勤勉ですよね。ツアーのスケジュールも。
甲本　ツアーのスケジュールを見ると、楽しみでしょうがない。それだけ演奏することで受ける喜びがあるわけだから。でも、ぼく一人がステージ上で楽しんでて、みんな「あ〜あ」って思ってる可能性がある。そうなったらバランスが崩れて、お客さんがどんどん減ってライブができなくなるかもしれない。そうなったら、バイトします（笑）。

穂村　「リンダリンダ」の歌詞で、「どうか愛の意味を知ってください」のあとに「愛じゃなくても恋じゃなくても君を離しはしない」って続きますよね。「愛の意味を知ってください」という気持ちを直後に自分で否定してるのか、あるいは単なる矛盾か。そこで一度世界が覆っている。それが最高にかっこよく思えるんです。

甲本　ふふふ（笑）。

穂村　わざとやってるんですか？

甲本　自分の意識下ではどうなってるかわかんないけど、曲作るときってなんにも考えないんですよ。

穂村　推敲《すいこう》しないんですか？

甲本　推敲します。でも、意味の推敲はしないです。

穂村　なにをチェックするんですか？

甲本　この言葉をこれに変えたら、もっとかっこいいとか、もっと笑えるとか。そういうのが見つかれば推敲しますけど、それ以外はしませんね。歌詞って書かないんですよ。

穂村　え、書かないんですか？

甲本　レコーディングするときに歌詞カードを提出するから、そのときはじめて用意するんです。書いてるときに、「あ、へんだなあ」って思うことはありますけどね。

穂村　そのまま歌っちゃうんですか？

甲本　うん、いいんです。そこに興奮があったりすれば。

穂村　歌詞に、すごく興奮があるんですよね。

甲本　狙ってできるものじゃないんですよね。この言葉に、あの言葉をぶつければ、こんな興奮が生まれるなんていう方程式があるのかどうか、ぼくは知らないです。

穂村　歌詞とメロディは、どっちが先にできるんですか？

甲本　曲によります。でも、だいたい一緒です。歌です。

穂村　歌詞とメロディが同時にできる？

甲本　同時です。多くの曲は四、五分でできます。一番から三番までフルコーラスがぱっと浮かんで、ずらずらずらずらずら〜って降りてくる。

穂村　すごい。スランプみたいなことはないんですか？

甲本　ずっとスランプです。

穂村　でも、四、五分でできてしまう。

甲本　そうなんです。できるのは一瞬なんです。その後は、また思いつかない。

穂村　作ろうとしてるときに、インスピレーションが降りてくるんですか？

甲本　それは滅多にないなあ……。

穂村　どこにトリガーがあるかわからないんだ。

甲本　わからない。つい最近もあったんですよ。どの曲か忘れたけど、車から降りてドアを閉めた瞬間に、ぶわーって降りてきて――。

穂村　メモしたりしなくても、忘れないんですか？

甲本　歌い続けるんですよ。急いで歌って、何回かしたら覚えてます。そんな感じで曲ができるから、矛盾もいっぱい介在します。脳みそのいろんな引き出しが適当に開いて、バッて出てくるときに、余計なものも混ざってるだろうし。

穂村　ヒロトさんの歌詞は、文字で読んでもライブ感覚にあふれていますね。たとえば、「キスまでいける」の歌詞には「雲は浮かんで／ただ浮かんでいた／僕らは違った／僕らは飛んでいた／風とは別の方向へ」。そして、「翼よ」と呼びかけて、どう続くかと思ったら「あれがパリの灯だ」とくる。唐突な引用が鳥肌が立つくらいかっこいいと思いました。

甲本　「キスまでいける」も、わりとすらすらっとできた曲だったと思う。

穂村　「ルル」っていう曲もありましたけど、「ルル」ってなんですか？

甲本　なんでしょうねえ……。自分が作ったことだから、なんの意味もないわけじゃないんです。こうも捉えられる、こういうふうにも読めるっていうガイドは、わりと自分でできると思ってるんです。だけど、それやるとつまんなくなることもわかってるんです。そしたら、やんないよね。

穂村　聴く人に委ねるんですね。

甲本　うん。でも、もしぼくらがへべれけになるようなことがあれば、なにか言うかもしれないね（笑）。

穂村　シラフでは言わない？

甲本　ぽろっと漏らすかもしれないけど。

逢ってから、思うこと

甲本ヒロトさんの歌を初めて聴いた時の衝撃を覚えている。それからの十数年、そればかりを聴き続けた。音楽体験というより魂のドーピングのようだった。対談の中で、ヒロトさん自身も「ぼくのなかでは、ロックンロールは音楽のスタイルではなくて『ロックンロールというなにか』なんですよ」と語っている。「なにか」としか云えないものを形にしようとする時、「なにか」は「なにか」ではなくなってしまうということがある。そのために、例えば宮沢賢治でさえも推敲に推敲を重ねた。けれど、ヒロトは火を火のまま、水を水のまま、「なにか」を「なにか」のまま、素手で手渡すことができるように思えて憧れた。今回、「推敲」のことも伺えてよかった。（穂村）

不条理とまっとうさ

吉田戦車

漫画家

よしだ・せんしゃ
漫画家。1963年生まれ。85年にデビュー。著作に、マンガ『伝染るんです。』『ぷりぷり県』『殴るぞ』、エッセイ集『吉田自転車』『吉田電車』『吉田観覧車』『逃避めし』『日本語を使う日々』『ごめん買っちゃった』、対談集『たのもしき日本語』、句集「エハイク」シリーズ、絵本『あかちゃん もってる』など多数。

出合いの衝撃

穂村　吉田戦車さんの登場は、とても衝撃的でした。「どこからこんなものが出現したのか」という感じで……。でも、最初は長編のいわゆる劇画みたいな作品を志したそうですね？

戦車　石ノ森章太郎とか松本零士が好きでしたし、『北斗の拳』とか『魁!!男塾』を読んでいましたからね。いろいろ好きなマンガがあるなかで、4コマは頭にありませんでしたね。

穂村　どういう経緯で、ちがった方向に進んでいったんですか？

戦車　エロ雑誌の世界でデビューしたことが直接的な理由ですね。当時はいわゆる自販機本の後半期でビデオも普及する前でしたから業界全体に活気があって、1コマのカットとか4コママンガを描いてお金をもらえるようになって、そのままショートの世界に定着したということですね。

穂村　『伝染《うつ》るんです。』の連載がはじまるころには、あの作風は確立されていたと思うんですが、その辺は？

戦車　４コママンガであれ何であれ、頭のなかには石ノ森章太郎の『マンガ家入門』くらいしかなかったわけですよ（笑）。でも、昔の『漫画少年』の投稿４コマみたいなものを描いてもしょうがないですから、いがらしみきおさんの「ぼのぼの」シリーズや、いしいひさいちさんの作品を読んで、こういうのを自分なりのテイストで描きたいと思いはじめたんです。

当時、『スピリッツ』では原律子さんの『元氣があってよろしいっ！』とか同じ歳の相原コージさんの『コージ苑』とか、すごくおもしろいものが続いていたから、ずいぶん気負いましたけどね。ストーリーマンガの添え物じゃねえぞっていう気持ちではじめました。あと、年齢的にも暴れられた。

穂村　おいくつだったんですか？

戦車　二六歳でした。昭和天皇と手塚治虫先生が亡くなった年でしたね。今思えば冒険ができた時代だったのかもしれません。編集者も「どんどんやれ」とおだててくれて、それがうまくはまったんだと思います。

穂村　戦車さんの笑いって、本来はマイナーというか異形のものであるはずだったのに、みんなが分かった。分からないはずなのに分かってしまった、という不思議なショックがありました。

戦車　いきなり出てきたような感覚はあるかもしれませんけど、穂村さんと同じ世代ですから、同じようなものを見聞きして育ってきたと思いますけどね。マンガなら、赤塚不二夫、山上たつひこ、江口寿史、高橋留美子……。テレビをつければ、ドリフターズやひょうきん族が元気だったし、タモリの芸にしろなんにしろ、おもしろかった。
穂村　あの時代には、特有のシュールさがありましたね。
戦車　その時代の笑いのなかで、ぼくはやってきたような気がします。

ずらしていく、その繰り返し

穂村　どんな作家さんに影響を受けてきたんですか？
戦車　分析はなかなかできないんですけど、『ガロ』のようなサブカル的な世界を思春期に見たことは大きかったかもしれませんね。
穂村　『ガロ』のマンガ家さんだと、誰の作品を読んでいたんですか？

戦車　つげ義春さんとか、ユズキカズさん、それと、花輪和一さんが大好きですね。
穂村　その人たちはぼくもみんな好きです。花輪さん、すごいですよね。異様な空間の描き方、あの密度……。
戦車　狂気とまでは言わないけれど、情念がこもっていますよね。写経に近いようなね。真似しようとしても、できる境地ではないんですけどね。
穂村　たしかに『ガロ』の作者たちとも似ているところがあったけれど、戦車さんの笑いは読者に受け取り方のスキルを要求しない印象があります。
戦車　『スピリッツ』でしたし、「笑い」ですからね。『ガロ』的なものをポピュラーにしたっていうところはあったかもしれませんね。
穂村　モノや動物が生命感をもって動いたり、しゃべったりするっていうのは？
戦車　直接的には筒井康隆の影響だと思いますね。『虚航船団』のなかで、文房具たちが戦争をするのに衝撃を受けたんですよ。なんでも動かしていいんだ、しゃべらせていいんだっていうのは、そこから来ていると思います。
穂村　われわれの世代に対する筒井さんの影響は大きいですね。いろんなジャンルのクリエイターと話しても、みんな一度はぶつかっている。
戦車　筒井康隆さんのエッセイに出てくるすべてのエッセイを読みましたよね。彼をガイドに、山下洋輔さんを読んでみたりね。星新一さんや小松左京さんは、全部読むところまではいかなかったんですよ。筒井康隆の毒のある世界に圧倒的に惹かれちゃって。

穂村　一方で、なぜ、みんなが戦車さんのおもしろさを分かったんだろう、という疑問もあってね。とても高度なことが行われていたと思うんだけど、にもかかわらず、若い読者は核になる魅力を確実に受け取っていたような感覚がある。

戦車　間の悪さ、落ち着きの悪さが楽しいと思っていたから、編集者もおもしろいと思ってくれたら、それを読者に向けてみる。読みとり方は読者に委ねていましたね。

穂村　なのに、読者はちゃんと受けとって、笑わされていた感覚がありました。創作のプロセスって、どういうふうなんですか？

戦車　散歩したり自転車に乗ったりしているときがネタ出しの時間で、手帳とかにアイデアを書きとめますよね。だいたいその時点でコマの割り方も考えてますから、家に帰ってラフを描いて、それを編集者に見せる。

穂村　外に出て取材するような感じですか？

戦車　街角のおもしろいものってあるじゃないですか。写真を撮ったり、スケッチしたくなるようなものだったり、日常にあるいたって普通のこと、たとえば「ワンちゃ

んのおしっこ」とかね。そういうものから何か作れないかなと考えてましたね。それを繰り返していて、でも散歩だけでは足らないから、ダラダラとテレビを見たりもしていました。あとは、ずらしていくずらしていくっていう作業ですね。現実だとこの流れでノーマルっていうところで、アブノーマルな方にずらしていく。その繰り返しでした。

穂村　「普通ならこうなる」ということが見えている感触は伝わってきました。でも、ずらしすぎると、オチが分からなくなっちゃったりしませんか？

戦車　『伝染るんです。』を最近になって読み返したら「これ、どういうつもりで描いたんだろう……」っていうのはありましたね（笑）。

不条理とまっとうさ

穂村　戦車さんのお父さんは中学校の先生だったんですよね。

戦車　普通に育てていただきましたよ。飢えることなく普通の生活を送ってきました。

穂村　ぼくも普通のサラリーマン家庭に育ちましたから、なんら特殊な経験はないんですよ。でも、「クリエイター伝説」ってあるじゃないですか。生い立ちが特殊な人ほどすごいものを創れる、みたいな。

戦車　それは一面、真実ですよね。

穂村　マンガの世界だと、大陸から引き揚げてきた人たちの影響が大きいですよね。ちばてつやさんとか、赤塚不二夫さんとか。

戦車　リアルな貧乏描写なんかね。ちゃんと歴史的に保存するつもりじゃないと消えていくような大事なことを伝えようとする気持ちが、その世代のマンガ家さんたちにはありますよね。

穂村　戦車さんには、なにか特殊な経験があるんですか？

戦車　なんもなくて、ぼんやりした学生時代を過ごしましたね。せいぜいタバコを吸って補導されたくらいで……。

穂村　それでクリエイターになれるなら、みんながなっちゃいますよね（笑）。

戦車　長い付き合いの友達とかは、ぼくがすごく普通の環境で育ったことを知っているから、「不幸な生活とか不幸な生い立ちにあこがれてるでしょ？」なんて訊いてきたりしますけどね。

穂村　実際、どうですか？

戦車　なくはないけど、そんな罰当たりなこと言えませんよ。ファンである吾妻ひでお先生が『失踪日記』を描いたときは、「失踪なんかしなくてもマンガは描ける」って反発を感じたのを覚えてます。「すごくおもしろいけどさ、そこまでしちゃうのはすごいけどさぁ」って、そこまでいけない自分を感じつつ……。それで、あれはヒットして当然のおもしろさだったわけですが、吾妻ひでおを読んだこともないくせに話題になってるからと買った連中に怒りを感じていた（笑）。

穂村　生い立ちやメンタリティにおいて、逸脱しているところがないのに、人々を瞠目させる表現を生み出せるのは、どうしてなんですか？

戦車　生み出せたっていうことで、その理由はもう分からないですよ。若いころの自分のことだから。

穂村　いや、今も生み出していると思うし、それもやろうとしてできていると思うんですよ。だから、その秘密を知りたいんです。

戦車　満員電車で人に席を譲るのって、最初勇気がいるじゃないですか。そういう積み重ねのうえに、ギャグがあると思うんですよね。ゴミ出しをきちんと守るとか、人に迷惑をかけないようにするとか、そういう気持ちでやってきたような気がします。そうすると、喋りっぱなしの高校生カップルのウザさにも、おもしろさが見えてくるようになる。

穂村　吉田戦車の不条理な世界は、まともさや真面目さに支えられているっていうことでしょうか。

戦車　ギャクマンガを描いている人ってみなさん、バカバカしいことを真面目に考えていますよね。もちろん、そうでない人もいると思いますけど。

穂村　戦車さんは、基本感覚がとてもまっとうで、なんとなく古風な感じが端々《はしばし》に見えますね。

戦車　自分では「明治の親爺」って言いますけどね。「まっとう」とか「明治」とかは、池波正太郎さんの影響ですね。ほとんど読んでます。

穂村　若いころから?

戦車　二十代のときに、ずいぶん読みましたね。はじめテレビ番組の「必殺仕掛人」の原作っていうことで『仕掛人・藤枝梅安』を読んで、そしたらすぐにハマってしまって……。それ以外にも時代小説は読むんですけど、池波正太郎みたいに全作買い揃えることはないですね。

跳び方を変える人

穂村　その後、大きな転換点としてバブル崩壊っていうのがありましたけど、何か変化を感じますか？

戦車　入ってくるお金がどんどん減っていくっていう流れはありますよね（笑）。でも、わりと自由にやらせてもらってきたと思います。

穂村　今よりもハイテンションにシュールだったものが、バブル崩壊後にやや終息した感じはありませんか。「そこまでやってもいいんだ」とか「こんなんでいいんだ」みたいな感じが衰えてきたというか。

戦車　今は真面目にやっている人たちを、真面目な人たちが応援するっていう流れが強くなってきましたよね……。穂村さんが書いているものにも、ぼくは目から鱗が落ちる気分なんですよ。失礼かもしれませんけど、「あぁ、こんなんでいいんだ」って思えることがあって。

穂村　「こんなんでいいんだ」性っていうのは、あるんでしょうね。多くの人は「これではいけない」となぜか思ってしまっているんだけど、そういう心理的なハードルが突然消えるポイントがある。

戦車　和田ラヂヲさんとか、あの辺の同世代やちょっと下の人たちですけど、ぼくのマンガを読んで「こんなんでいいんだ」って思って描きはじめてくれたそうで、うれしかったですね。

穂村　たとえば、走高跳の跳躍法は「正面跳び」「ベリーロール」「背面跳び」と進化していったけど、跳び方が変わるたびに記録がぐんと上がって、そこから先は身体能力の比べっこになる。やがてまた、次の跳び方を誰かが発見して、またそれに向いた身体能力の比べっこになる。その繰り返し。でも、そうやって跳び方を変えるのは選ばれた人ですよね。

戦車　「ニュータイプ」のことですね（笑）。

穂村　そういう意味では、吉田戦車は選ばれた作家と思えますよね。何人もの人がビンゴの穴をあけていって、ちょうど戦車さんのところで全部揃った、みたいな。

戦車　そういうところはあるのかもしれませんね。

穂村　つげ義春の『ねじ式』などもそういう作品だったと思いますけど、その広がりにはそれなりに時間がかかったと思うんです。でも、『伝染るんです。』は、あの作風なのに一気に受け入れられてしまった。同業の人は悔しかったかもしれないけど、それによって道が開けた人たちもたくさんいましたよね。それから、戦車さんが創り出した新しい枠を、才能ある人々がみんなで埋めていくのを目の当たりにした印象があります。

戦車　マンガ家冥利に尽きます。

逢ってから、思うこと

吉田戦車……戦車？　その名前を初めて見た時、不安な気持ちになった。にも拘らずというか、しかもというか、作品が想像を超えた面白さだった。どこからどうしてこんなものが現れたのか。どんな危ない人が描いているんだろう。戦車ワールドに触れると、その「謎」の魅力について友だちと語り合いたくなる。興奮したり、想像したり、解釈したりしながら、連載を待ちかねるように夢中で読み耽った。戦車さんは何かが変わってゆく時代の象徴的な表現者だったと思う。対談の機会を得て、御本人とお話しすればするほど考え方のまっとうさや態度の真摯さが伝わってくる。でも、それによって「謎」はますます膨らんでゆくようだ。（穂村）

本書は「穂村弘の、よくわからないけど、あきらかにすごい人」（大修館書店「辞書のほん」に２０１４年から15年にかけ掲載）に加筆、修正し再構成して19年に刊行した『あの人に会いに 穂村弘対談集』を文庫化したものです。

装幀　横尾忠則
写真　野澤亘伸

解説のような、あとがきのような、
ふむふむ対談

憧れってなんだろう

穂村弘　名久井直子
歌人　ブックデザイナー

穂村さんをはじめ、この本に登場する「創作の神様」たちの作品を手がけてきたブックデザイナーの名久井直子さんをお招きし、創作について、憧れについて、伺った。憧れってなんですか？

〈遠い存在――受け取る側と送り出す側〉

穂村　はじめてお会いした時、名久井さんは二十代前半でしたね。

名久井　二十二、三歳のころですね。広告代理店の社内デザイナーでした。

穂村　僕もそうだったけど、誰でも最初は読んだり見たり聞いたりする側の人で、インプットから入るよね。高校生のころは、お金がないから古本屋でカバーなしの文庫本を買うとか、いろいろ工夫してました。今みたいになんでもすぐに見たり、手に入れたりできる環境じゃなかった。本や音楽や絵画や映画を作っているのは、世界の向こう側にいる人だと思っていた。地方都市の本屋で立ち読みしている高校生の自分からすると、ものすごく遠い存在だった。

名久井　そうですね。すごく遠かった。穂村さんでもそうなの？

穂村　うん。名久井さんは岩手だっけ？

名久井　そう。でも埼玉は都会でしょう。

穂村　ぼく、高校生のころは名古屋だよ。

名久井　名古屋は大都市だよ！

穂村　名古屋と盛岡はそう変わらないんじゃない？
名久井　そうかな。場所や時代によって、文化度の差はあるかもしれませんね。
穂村　うん。いつか自分も向こう側の世界に行きたいみたいな憧れはあった？
名久井　そんなふうに思えるほど近くに思えてなかったかも。すごく遠くて。
穂村　すごく遠いから逆に憧れる、みたいなね。お互い、文化的にはあまり恵まれてない環境で育ったってことかな。
名久井　恵まれてないですね。絵本とか家になかったし。
穂村　家族は本読まないの？
名久井　読みませんでしたね。家にはマナーブックしかなかったなあ。幼稚園や保育園に行かなかったから、図書館はよく行きました。ひとりで時間を過ごさないといけないから、紙芝居とか絵本をよく借りてた。少し大きくなると新聞の文化欄とかデザイン系の雑誌を読んでたかな。あのころは遠くの人を今よりも知ろうとしていましたね。
穂村　へえ、デザイン系の雑誌。
名久井　そう。中学生くらいのときから。
穂村　それはすごくない？　デザイン雑誌を購読する中学生って。どんな雑誌？
名久井　「デザインの現場」と「イラストレーション」ですね。一冊二千円近くするから毎月のおこづかいで両方は買えない。発売日もゆるやかで、出そうな時期になると、盛岡

で一番大きい本屋さんに行ってチェックして、あると立ち読みをしてどっちを買うか決める。「広告批評」も買ってましたね。

穂村　現在のお仕事につながる選択ですね。今だったら、当時の自分に全部買ってあげたいよね。

名久井　ですね（笑）。

穂村　きょうだいは？

名久井　いないです。ひとりっ子。

穂村　新聞の文化欄とかデザイン雑誌とか読むきっかけは何だったの？

名久井　本がない家で、読むものが新聞くらいしかなくて、一番たのしいコーナーだったからかな。それで、小学生のときにオノ・ヨーコを好きになって詩集を買ったりしてました。好きなのに、ジョン・レノンの妻だというのはビートルズファンの中学の同級生に言われるまで気づかなかったけど。あと、いいと思う展覧会はだいたい東京でしかやらないから、東京に住んでいる知り合いのおばさんに展覧会の図録を買って送ってほしいと頼んだりしてましたね。

穂村　偉いなあ。インターネット以前ということも大きいよね。情報の入手経路が今とは全然違う。ぼくの記憶で言うと、遠くの人や作品が輝いて見えるのと反比例して、それまでなんとも思っていなかった身近な親とか学校の先生とか同級生とかが、すごくダサいものに感じられてきた。現実の自分は親に養ってもらっていて、友だちに較べて部活にもバイトにも恋愛にも本気で打ち込んだことがないくせに、ただ向こう側への憧れを知っているから偉いみたいに思い込んでいた。
名久井　穂村さんはとくに自意識が強いから……。
穂村　自分はまだ何一つやっていなくて、遠い世界に憧れていただけなのにね。

〈憧れってなんだろう〉

穂村　でも、憧れは大切な感情だよね。憧れの人の名前は字面を見ただけで思いが溢れてくる。若いころ、街で「大島椿」という看板にびくっとしたことがある。大好きな漫画家の大島弓子さんと空目して。ぜんぜん似てないのに。今ではびくっとした自分に驚くけど。中学生くらいのときは好きな人の名前にどきどきしたり。純度が高かった。
名久井　うんうん。目次で、小さな文字なのに、好きな人を見つけられたり。
穂村　集中力が違ったんだね。
名久井　この本に出てくる人は穂村さんの憧れの人だけど、わたしの憧れの人もたくさんいて、仕事をご一緒した人もいます。
穂村　名久井さんはこの人たちの作品集とか重要な本のデザインをいくつも担当してるよね。向こう側の人になったんだ。

名久井　いえいえ、なってないです。この本でお会いしたことがない、厳密に言えば言葉を交わしたことがない人は甲本ヒロトさんと佐藤雅彦さん。実はこの中で（わたしにとって）一番の神様は佐藤雅彦さん。広告代理店にいたときからのスター。憧れすぎて……。佐藤さんは講演を聞きに行ったことはあるんですけど、直接、言葉を交わしたことはないです。

穂村　そうなんだ。ぼくも憧れの、めちゃくちゃ遠い人というイメージで会いに行ったんだけど、ぼくは日本経済新聞の短歌欄の選者をやっているんだけど、そこで選んだ歌と選評を佐藤さんが手書きで写していた時期があると御本人から伺って、そのノートを見せてもらったの。片思いのはずが、急につながってしまった。

名久井　あの部分、ざわっとなりました。すごいですよね。

穂村　佐藤さんの恐ろしさを感じたよね。自分の分野からかけ離れた新聞の短歌欄を書き写すなんて。

名久井　柿の中の種を包むところの短歌の評だけで、穂村さんのすごさを見抜く。そこがすごい。

穂村　ここに登場する人たちは、やはりふつうの人たちではないよね。

名久井　穂村さんもわたしから見たらふつうではないんだけど……。下界といっていいかわかりませんが、すごい人が下界に降りて話してくれる。羽を隠して降りてきて話をしてくれている感じがしますね。
穂村　本には入らなかったけど、棋図かずおさんは「お弁当食べるの遅くてごめんね」とか気遣いされる人で、あの凄まじい作品群とのギャップにくらくらした。
名久井　かわいいですね。読んでいて、高野文子さんが「マンガは攻撃しなきゃだめだと思ってやっていた」と言っている部分がすごく腑に落ちました。高野さんと会ってお話していると、とてもふんわりしていて、強い言葉でお話をされないので。だから、この会話を読んで、これは本心だなって思いました。
穂村　対談中に、ふと「あ、高野文子と話してる」と思う瞬間があって、激しく動揺するんだよね。これは全員に対してそうなるんだけど、なるべくそう思わないようにしゃべるけど、「この人はあれを描いたんだ」ってどうしても思ってしまう瞬間が訪れる。高野さんはあまり本が出ないよね。
名久井　寡作ですよね。『しきぶとんさん　かけぶとんさん　まくらさん』（福音館書店）が「こどものとも」で出たときは、焦燥感で五冊くらい買いました。
穂村　わかる。あれが出たときに福音館の担当さんに御礼を言っちゃった。『ドミトリーともきんす』（中央公論新社）が出る少し前だったかな。
名久井　この中でお会いするときに一番緊張した人は誰ですか？
穂村　やはり初対面の人ですね。佐藤雅彦さん、高野文子さん、甲本ヒロトさん。みんな、リスペクトしているから、そこから聞いていけばいいんだけど、創作の秘密を聞かれるのを嫌がる人もいるから。幸いにもこの中の方たちは優しくて、ピントのずれた話にも歩み寄ってくれたけどね。

〈対面——「創作の神様」に会うこと〉

穂村　リアルで属している世界での絶望というか、自分は素敵じゃない世界のさらにビリという意識があった。田舎の平凡な高校で非モテみたいなぼくには、本の中の世界がまぶしくて。それが今、大人になって仕事として対談をさせてもらうけど、心の中にはまだ思春期の自分がいる。その自分は憧れの人を前に感激してびびってしまう。

その時、二つの道があって、一つは表現という同じ世界の後輩であるかのようにふるまって少しでも親しくなること。でも、それではその人を神のように思っていた思春期の自分を裏切ることになる。だから、もう一つの道。リアルで親しくなれなくても、いつまでも憧れていたいと思ってしまう。

名久井　わたしは穂村さんと仲良くなっても、神だという思いは変わらないよ。

穂村　ああ、ぼくは仲良くなってしまうのが惜しいという気もするんだよね。素晴らしい世界に憧れていた惨めな自分を裏切れないというか。名久井さんが本書の中で一緒に仕事をした人は誰ですか。

名久井　谷川俊太郎さんは『あたしとあなた』という詩集をはじめ、何冊かご一緒しています。宇野亞喜良さんは作品集や、絵本のデザインを担当しました。宇野さんからお聞きした話はすごい話が多くて、記憶遺産です。荒木経惟さんは写真集『往生写集』や書籍のカバー写真を撮影してもらったことも。高野文子さんは『るきさん』『おともだち』の新装版、吉田戦車さんもエッセイや絵本を。横尾忠則さんや萩尾望都さんはお仕事はないけれど、お目にかかったことはあります。佐藤さん、甲本さんは接点がないですね。

穂村　すごいなあ。やはりブックデザイナーという仕事柄、関わり方が大きいですね。

名久井　小学生の自分に教えてあげたい。

穂村　彼らの作品を同時代の最高のデザイナーが担当した時代から一周まわって、新たに新装版などが出る時、そのデザインを名久井さんが担当したりね。でも新装版は大変だよね。みんなの中に前のイメージがあるから。横尾さんのデザインとかね。

名久井　堀内誠一さんとか野中ユリさんや名だたる方が手がけている書籍の新装版デザインは緊張します……。

穂村　それを見ていた人たちは、絶対文句言うわけだから。誰だって、自分の青春期に見たものが最高だって思うからね。でも、依頼があったら断る手はないよね。

名久井　わたしだって前のが素敵だって思っているさっ、て思いながらやっています。

穂村　でも、新しい読者の目はまた違うと思うよ。あと彼らのすごさは創造性の持続力。

ない。

谷川さん、宇野さん、横尾さん、みんな、八十代、九十代になってもまったく衰えを見せ

名久井　体力はみなさんありそう……。穂村さんはほんとにこまかく言語化する人だね。
穂村　文章の人は別として、ミュージシャンや絵画の人だと言語寄りの人とそうでない人がいて、自分が惹かれるのはどうも言語寄りの人が多いみたい。萩尾望都さんとか言語感覚がすごいし、高野さんもそう。吉田戦車さんは同世代で、リアルタイムで読んでいた。
名久井　吉田戦車先生はとても緊張したでしょ？
穂村　読んでる期間が長かったのと、作風からはどんな人かまったく見当がつかないしね。
名久井　吉田戦車さんは、中学二年生のときに『伝染《うつ》るんです。』（小学館）を書店で見て、買ったのがきっかけでした。それはもう衝撃で……。
　この本に出ている人はみんなわたしにとっても神さまなんだけど、わたしのほうが緊張が少ないかも。わたしの場合は、戦車先生とか池野恋先生とか自分が子どものころに作品をよく読んでいた人のほうが緊張する気がします。
穂村　世代差ってあるよね。萩尾さんのお仕事は奇蹟のようにすばらしいのに、お母さんに漫画を反対されて、いつ小説家になるんだと聞かれたり、というエピソードを読んで信じられなかった。
　高野さんが萩尾さんに憧れていたと聞いてうれしくなって、「萩尾さんのどこが好きで

すか」としつこく聞いてしまう自分がいた。一方、萩尾さんに「ご自身より後の世代でこれはという人はいますか」と聞いたら、高野さんと即答されて、「あ、両思いだ」と思って自分は関係ないのにすごくうれしくなった。自分が好きな人を好きな人が好きという喜び。そういうことってあるよね。名久井さんは例えば野中ユリさんのデザインやコラージュを見るとどんな感じがするの？

名久井　そこはもう畏怖に近い。わかるなんて言えないです。

穂村　名久井さんはその領域に迫れると思うよ。ぼくは憧れの世界の残り香を吸いたいと思って作品を買ったりする。

名久井　わたしは文化的には孫みたいな感じで、無責任に好きと言える。宇野さんをはじめ、第一線でやっている方々と同時代に生きていられることを噛みしめたい気持ちはあります。

穂村　この連載が続いていれば、ほかにも会ってみたい人が何人かいたんだけど。名久井さんだったら同じ企画でどんな人に会いたい？

名久井　わたしは佐藤雅彦さんが大好き過ぎて、むしろ眩しくて会えない。あとは栃折久美子さんにはお会いしてみたかったですね。

穂村　ああ、ルリユールの。憧れなんだ。

名久井　そう。今の仕事は栃折さんのおかげで変わった部分もあると思うので。あとは単純にファン心理で安部公房さんにお会いしてみたかったです。
穂村　ちょっと意外。長生きしていたら、会えたかもしれないよね。
名久井　安部公房は発売日に本屋に走って買った唯一の作家ですね。小学生のときから好きでした。
穂村　すごい小学生だ。
名久井　変わっていたかもしれません。

〈これからの「憧れ」とは〉

名久井　でも穂村さんと知り合ってから、こうして話しているってのも不思議ですよね。
穂村　名久井さんは本当にすごいと思う。自分自身よりも関わっている対象への思いが大きくて、それが名久井さんを無敵にしている。いつどこで誰に対しても言うべきことはミッションとしてちゃんと言える。ブックデザイナーの仕事には前提となるものがあって、それを最高の形に仕上げるという性質が関係してるのかな。
名久井　人によるとは思いますが、人様の作品を作っているという感覚でいるからかな。仕事ですからね。
穂村　でも、よく見てると、仕事の時だけじゃないよね。名久井さんが福島に保護猫をもらいにいった時も、現地に留まっていろいろやっていたよね。

名久井　東日本大震災のあとに福島に行って、警戒区域にいる猫や犬を保護しているシェルターの手伝いをしたとき、餌やトイレの世話をして一周して戻ってくると、また世話が必要な状態。猫を受け取りにいったついでのわたしでこの大変さなのだから、毎日続けている方々はどんなにか、とわかりました。いろんな猫さんのお好みや排泄物など、多様性を知れたこともよかったです。

穂村　仕事でも現場の印刷機のところまでコミットする。震災で津波にあった機械を心配して様子を見に行ってたよね。

名久井　穂村さんのなかで仕事と現実は合致してる。芸術活動をしているんだよ。

穂村　芸術をやろうとして芸術をやった人がいいものを作れるかというと、現実は必ずしもそうじゃないみたい。宮沢賢治は科学に興味を持ち、農業をやり、宗教家でもあったわけで、一義的に作家になろうとしたわけではない。結果的に作家や詩人やロックスターになる人がいても、本質は魂のありようの問題だもんね。

自分より若いのに憧れるような仕事をする人も、今は結構出てきていて、そういう人とお話してみる本も作りたいな。ヒグチユウコさんとか酒井駒子さんとかね。さらには子どもの世代の人もすごい仕事している。

名久井　宇多田ヒカルさんとかね。

穂村　うん。大人になってからいい仕事をしている人と出会うと、文化的な環境に恵まれて育った人か、逆にハングリーな人かどっちかが多いみたいで、ぼくみたいに中途半端なタイプは少ない。あとは名久井さんみたいな上京組もいるね。ぼくたちの共通の友人だと、劇団「マームとジプシー」の主宰の藤田貴大《たかひろ》くんは北海道から東京に出てきてすばらしい作品を作ってる。
名久井　せっかく遠くまできたから無駄にできない組ですね……。
穂村　そういう人の人生は朝ドラになるね。名久井さんはこのままおばあさんになったらいける。石井桃子さんとか黒柳徹子さんとか兼高かおるさんとか。その人の前にはジャンルがなかったっていう。そういう境地。
名久井　吉田戦車さんの作品がそうですよね。吉田戦車以前と以降とで漫画の世界が変わった。
穂村　そうだね。ジャンル内に新たなジャンルを作った。考えてみると、萩尾望都も高野文子もそれぞれにそうだね。女の子が眼鏡をはずしたらかわいかったみたいな世界が、萩尾さんや山岸凉子さんや大島弓子さんたちの登場で大きく変わった。
名久井　佐藤雅彦さんもそうなんですよね。
穂村　そういえば、アラーキーは自分と森山大道さんがやめたら写真のセンチメンタリズムは終わりといっていた。

〈これから会いたい人〉

名久井　これからもこんな対談を続けたらいいですよ。
穂村　たのしいよね。緊張するけど。
名久井　外国の人とかは？
穂村　ジャンルもいろいろあるよね。映画監督とか。
名久井　トム・クルーズとか。
穂村　おお、俳優はどうかな。本当は李香蘭《りこうらん》こと山口淑子さんとか思ってたけど、そこまでいくとインタビューの適任はもはやぼくではない。歴史的な知識が豊富な人が聞いたほうがいいもんね。漫画家のつげ義春さんにはオファーを出しかけたけど、つげさんと面識のある編集者に、たぶんしゃべってくれませんよ、と言われて怖じ気づいてしまった。個人的には会うだけでも感激だけど記事にならないもんね。
名久井　それはわかる。
穂村　以前、『ラインマーカーズ』（小学館）という歌集を名久井さんにデザインしてもらったけど、あの時に装画をお願いした現代美術家の大竹伸朗さんは、すらすらと話すわけじゃないけど本気感というか誠実さが伝わってきて惹かれました。
名久井　お会いしたことはありますか？

穂村　ある。居酒屋の席だったけど、もう会えないだろうからと思って、この本みたいに、本当に聞きたいことをいろいろ聞いてしまった。ジョン・ケージの「4分33秒」という作品はピアノが弾けない人でも成立するかどうかとか。表現についての大竹さんの考えに興味があって。だいぶ長考してから「自分としては成立しないと思う」という答えが返ってきてかっこいいなって思った。大竹さんが言うとね。

名久井　大竹伸朗さんはかっこいい。

穂村　好みが合うね。

名久井　大竹伸朗さんに『ラインマーカーズ』のカバーの絵をお願いしにいったときは緊張しましたね。断られたらまずいという。

穂村　オファーしなければ可能性はないわけで。でも、びびってしまうこともあるよね。

名久井　そうだね。臆せずいかないと。

穂村　びびってオファーできなかったことってある？

名久井　いや、しないとゼロだからしますよ。

穂村　昭和三十年代に春日井建という歌人が最初の歌集を出すときに、装画をジャン・コクトーに依頼したという話をご本人から聞きました。断られたらしいけど。

名久井　断られてもすごいね。返事が来たのかな。

穂村　返事はわからないけど、同時代に生きていて頼むというところがいいよね。

名久井　ある本の日本語版が出るときに、装画を海外の憧れの絵本作家さんにオファーしたんだけど、原書の本の装画を友達が描いているからできないと断られたことがあります。
穂村　横尾さんと兼高かおるさんはダリに会いに行ってたね。
名久井　江國香織さんはバルテュスにも会いに行っていたなあ。対談といえば、資生堂の『花椿』の対談はどれくらい続きましたか？
穂村　あの連載ではたしか四十数人と会ったので、四、五年かな。『穂村弘の、こんなところで。』（KADOKAWA）って本になっている。名久井さんに装丁してもらったよね。
名久井　対談といえば阿川佐和子さんか穂村さんだね。こんな夢みたいな企画ができて、本になって、いい仕事だなあ。
穂村　この本の対談は「辞書のほん」（大修館書店）での連載だったけど、ぜいたくなつくりの雑誌だった。
名久井　わたしが若いころ、後藤繁雄さんの『独特老人』（筑摩書房）という本があって。すごい大先輩たちの話を聞くいい本だったのを今回思い出しました。
穂村　何を聞けばいいかわかんないときがあって。相手の心の宇宙にはすごいものが詰まっているんだけど、どこから聞いていいのか、これは聞いちゃいけないんじゃないか、とか迷うこともある。谷川さんとかだと、何を言ってもぼくには谷川俊太郎を怒らせる能力はないだろうと思って聞いてしまうけど。

名久井　谷川さんを怒らせる能力！

穂村　心の宇宙がもはやブラックホール的だよね。宇野さんは少年のようだったな。憧れのベクトルにもいろいろあるよね。名久井さんは学校以外で師事した先生っているの？

名久井　大学生のときに、今みたいなインターンというシステムはなくて、丁稚奉公みたいなことで日本デザインセンターの中川憲造さんのデザイン室に数カ月弟子入りしてました。原研哉さんとか、過去には横尾さんや宇野さんもいらした会社ですね。

穂村　高橋睦郎《むつお》さんもたしかそうでしたね。以前、コピーライターの集団の前で講演したことがあって、短歌つくってもらったんだけど、みんな、すごくうまかった。歌人になったらいいのにって思ったけど、それじゃ食べられないもんね。むこうからしたら逆だろうな。名久井さんが自覚している作風ってどういうものなの？

名久井　作風みたいなものがあるとするなら、なるべくなくしたいですね。本屋さんで「これ、名久井さんだって思ったら名久井さんだったんですよ！」って言われたら、未熟だなって思う。

穂村　それは横尾さんや高橋睦郎さんの考えに近いね。オリジナリティとみんなが思っているものは小さなもので、大事なのはそこじゃないんだと。

名久井　ところで穂村さんが憧れ側で対談されるときはどうするの？

穂村　最近は子どもの世代の人との対談が多いよね。

名久井　ほんとうのこと言ってる？

穂村　うん、でも、今の問題に対する解像度は子ども世代の人の方がずっと鋭い。だから対等だよね。こちらが話をうまく受けて引き出せているかはわからない。

あと、谷川さんや宇野さんのような自分の親世代は戦争を含む昭和の激動期を生きているけど、ぼくたちにはそこまでの体験の濃度がないから、結果的に子ども世代との差異も小さいのかな。

名久井　四、五十代だと「8時だョ！全員集合」はみんな観たことがあるとか、みんなが知ってる歌手もいる。若い世代はちがいますよね。同じテレビ、同じ歌手以前にジャンルから多様になっている。ほとんどがそうなっている人とどう話しますか？

穂村　そうなると、同世代であっても分断されていることになるよね。一人一人が自分の世界を選択できるけど、全体としてはシステムのコントロールを受けている。すべてがコンテンツの世界。

名久井　わたしはYouTubeとか観ないけど、観ている友だちの話を聞いていると、そこの世界にスターがいて、どんどん細分化されていく。そうすると、みんながわかるその世代の憧れの人って貴重な存在だなって思う。強い推しみたいな。

穂村　自分にとっての大事なものは定まってくるよね、どうしても。

名久井　うまく言えないけど、自分より上の世代の憧れの人は心の中で決めやすいけど、若くて、まだ触れあっていない、すごく素敵な人に出会おうとしたときに、あまりに裾野が広すぎて、憧れの星にたどりつけない。難しい。
穂村　それに関しては、ぼくは割と偶然と直感を信頼してるかな。それらが必然に変わってゆくというか。例えば、数十年前のネットで見た名久井さんの最初の書き込みを覚えているよ。
名久井　穂村さんの掲示板に書き込んだやつだね。
穂村　この人、すごくいいって感じた。肉筆ですらない、ただ1行の書き込みなのに。
　憧れは自分のなかの問題だもんね。家族が留守のときに畳の上でコロッケと冷たいごはんを食べていたころの感覚を覚えていて、当時の世界への憧れを再現しようとするけどむずかしい。
名久井　ひとりっ子で、両親がいないときのうっすらした不安感を、今はもう持てないですね。
穂村　でも、猫を飼い始めて、昨日もうちの猫を名久井さんの猫に会わせに行ったんだけど、猫を猫に会わせるときの高揚感というか、夜の街がきらきらして見えた。
名久井　猫が来て、穂村さんは孤独感が減ったらしいと編集者から聞きましたよ。
穂村　そうかも。
名久井　それは、昔、友だちとか、恋人とかいても埋まらなかった孤独が、猫一匹で埋まったってこと？
穂村　別の次元でね。
名久井　すごい。そんなに？　すごいね、猫。
穂村　うん。すごいよね。
名久井　猫、すごいけど、そこまで？
穂村　まだレンジとかない子ども時代の畳の部屋にコロッケと冷たいごはんがあったとして、あそこに猫がいればどうだったかな、と想像したりとか。あと、短歌の会で区民会館とかにみんなで集まるの。机の上にティッシュを並べて、その上に買ってきたお菓子を回して置く。休日で外は晴れているのに、こんなことしててなんか意味があるのかなって。そういう感覚がこの本に出てくるような憧れの人たちにもあるのかなあ。名久井さんも無力な自分の記憶がある？
名久井　ありますよ。
穂村　今は都会の素敵な家で猫と暮らしていて。その連続性はどうなってるの？
名久井　タイムマシーンで遡れるなら、（当時の自分に）こわくない世界が来るよって言えるかな。でも、多分、わたし、穂村さんより自分のこころのことを考えるとかあまりなくて、薄いんだと思う。だから短歌とかなかなかできないのかもしれないけど。そんなにリリカルにできてないみたい。

穂村　猫だって、記憶にある猫は冷やごはんに味噌汁ぶっかけたのを食べてたけど、今は立派な専用のごはんだね。
名久井　今は拾った猫でも牛乳とかあげちゃいけないんだよ。
穂村　戦前に猫を飼ってたらしいぼくの父は「餌をやったら飼う意味がないだろう」って言ってた。ねずみを捕らなくなるから。当時の猫はねずみ捕獲器なんだよね。
名久井　穂村さんちの猫は王子さまだね。
穂村　でも、自分は今も畳の部屋でコロッケと冷たいごはんを食べている感覚が残ってて、憧れの世界が遠い。
名久井　遠い遠い憧れの人と同じ時間を過ごせたりとか。しあわせだね。
穂村　距離があればあるほどね。でも、憧れの存在が親とかだったら、逆に嫌かも。谷川さんが父親だったら、とか想像したらプレッシャーで。
名久井　心折れたかも。書く道には行けないかもしれませんね。

〈世界が変わる瞬間〉

穂村　三島由紀夫が自死したとき、時代の空気感が大きく変わったらしいけど、吉本隆明のときも何かが変わったよね。高橋源一郎さんがすばらしい追悼文を書いていたけど、その人がいることで成立する世界がある。寺山修司は早く亡くなってしまったから、もしも今、生きていたら、と想像してしまう。
名久井　寺山さんが生きていたら、穂村さんは会っていたかもね。
穂村　名久井さんは装幀していたかも。三島はそこまで意識して、「世界線を変えてやる。君たちは自分のいない世界で生きていけ」って思ってたかもね。
名久井　三島由紀夫はすごいドキュメンタリー映像もありましたね。穂村さんが死んじゃったら変わるんじゃないかな。
穂村　形にできなかったり、遺った仕事のことは、すべて名久井さんに任せるよ。絶対的に信頼してるから。

撮影　武市公孝（毎日新聞出版）

名久井直子（なくい・なおこ）

ブックデザイナー。1976年生まれ。武蔵野美術大学卒業後、広告代理店勤務を経て、2005年独立。ブックデザインを中心に紙まわりの仕事を手がける。16年、第45回講談社出版文化賞ブックデザイン賞受賞。主な仕事に、『ラインマーカーズ』『シンジケート　新装版』『水中翼船炎上中』『本当はちがうんだ日記（文庫版）』『にょっ記』『にょにょっ記』『にょにょにょっ記』『あの人と短歌』（以上すべて穂村弘）など。

【著者略歴】
1962年、北海道生まれ。歌人。歌集『シンジケート』でデビュー。『短歌の友人』で第19回伊藤整文学賞、「楽しい一日」で第44回短歌研究賞、『鳥肌が』で第33回講談社エッセイ賞、『水中翼船炎上中』で第23回若山牧水賞を受賞。著書に『手紙魔まみ、夏の引越し（ウサギ連れ）』『ラインマーカーズ』『ぼくの短歌ノート』『世界音痴』『にょっ記』『本当はちがうんだ日記』『野良猫を尊敬した日』ほか多数。訳書に『スナーク狩り』（ルイス・キャロル）など。

毎日文庫

よくわからないけど、あきらかにすごい人《ひと》
印刷 2023年10月15日
発行 2023年10月30日

著者 穂村《ほむら》 弘《ひろし》
発行人 小島明日奈
発行所 毎日新聞出版
東京都千代田区九段南1-6-17 千代田会館5階
〒102-0074
営業本部：03(6265)6941
図書編集部：03(6265)6745
ブックデザイン 鈴木成一デザイン室
印刷・製本 光邦
 ISBN978-4-620-21060-5